新潮文庫

質屋の女房

安岡章太郎著

新潮社版

1733

目次

ガラスの靴……七
陰気な愉しみ……三五
悪い仲間……五三
夢みる女……九一
肥った女……一一一
青葉しげれる……一三五
相も変らず……一八三
質屋の女房……二二七

家族団欒図……二四七
軍歌……二六七
解説　小島信夫

質屋の女房

ガラスの靴

夜十二時をすぎると、日本橋もしずかになる。

ときどき高速度ではしり去る自動車のエンジンが、キインと大げさな物音を遠くまでひびかせる。

「どうしたの」

僕は汗ばんだ受話器をもちかえ、テーブルに足をかけて、椅子《いす》にもたれた背をそらせながら、ベッドの中からかけてくる悦子の電話にこたえた。

「ああ、あたし、熊に会いたいな。あなた、熊がお魚かついで歩いてるの、見たことある?」

「ないよ」

「つまンなそうに返辞するのね。熊っていいなあ。熊は人間とお話しできるんですって、ほんとかしら」

「知らない」

「だって、あなたの田舎は北海道だっておっしゃったくせに。そんなこと、知らないの」

僕は、うすい鉄板をわななかせて伝ってくる悦子の声をききながら、ガラス戸の中に、青黒い背中をそろえて並んでいる猟銃の列をながめる。……ぺちゃんこの胸、変にながい手足、子供みたいな悦子の軀《からだ》は、抱きよせるとき、僕の胸のなかで折れそうになる。そのくせいったん抵抗しはじめると、どこと云って抑えようのない、まるで水の底で海草にからまれたような始末の悪さなのだ。……何がいまさら、クマだ。僕はこころの中でつぶやく。いまのうちに何とかしなければならない。それはしかし、悦子の側の期待であるはずではないか。――熊に会いたい。それは彼女の合図だ。

「夏休みも、もう終るね。……あと幾日ぐらい？」

「いや、いや」

僕は、僕らの間でタブウになっているそのことに、わざとふれてみる。

待つことが、僕の仕事だった。

N猟銃店の夜番にやとわれていた僕は、夜の間、盗難と火気を警戒する役目なのだ。しかし、それは仕事にはならなかった。弾薬室の扉のところに掛っている湿度計と寒暖計、僕はそれと同じだ。火事は、寒暖計で読みとるわけにはいかないし、闖入《ちんにゅう》してくる盗賊とたたかう勇気は、僕にはなかった。僕はただ、火事と泥棒とがやってくるのを待つだけだ。

そしてそんなものに待ちボウケを食わされることで、やっと僕のクビはつながっていたわけだ。住居のない僕はそんな風にして、ともかく朝晩のメシと夜の居場所を得ていた。昼は、教室の椅子の上で寝るために、学校へ行った。

店の主人にたのまれて、僕は原宿にある米軍軍医クレイゴー中佐の家へ、鳥撃ち用の散弾をとどけた。云わばそれは、僕には番外の用だったし、そのうえ五月のはじめの暑い日で、途中クシャミばかり出ていやでたまらなかったが、行ってみると僕は、ちょっとした歓待をうけた。やせた、色の青白いメードが、飲みものや菓子を出してくれた。彼女は僕をみて、テレたような、だまってオナラした人がするような笑いをうかべた。僕は彼女を羊に似ていると思った。紙を食っている白い羊を、何とはなしに思い出させた。奥から、だいぶ年寄りらしい黒白ブチのポインターが台所のドアを自分で開けてやって来たので、僕はチンチンさせるつもりでクラッカーを差し出したが、彼は見向きもしなかった。彼女がそれにチーズを塗ってやるとやっと食べた。おわると犬は、チラリとうさん臭さそうに僕をながめ、机の上に頬杖《ほおづえ》をつく学者のような顔をして、どたりと彼女の足もとに腹這《はらば》いになるのだった。彼女はクレイゴー中佐が夫人同伴で明日からアンガウル島へ出掛けること、それで彼女は三月ばかり一人で留守番をさせられることなどをぽつりぽつり話した。僕が帰ろうとすると、彼女はもっと居ないかと云い、パイプをくわえようとする僕に、シガレットを出してくれた。彼女の動作は変によわよわしい。マッチをすってくれるときに、火の出るのを怖《おそ》れるみたいに、軸木のハジの方を不器用につまんで、おそろしく真剣な顔付になるのだ。僕はふと、彼女を、そだちのいい人ではないのかと思った。

その日、僕は意外にゆっくりしてしまった。帰りしなに彼女は、またあのテレたような笑いをうかべて、よかったらときどき遊びに来てくれと云った。僕は彼女の言葉にしたがった。その方が、かたい椅子しかない学校へ行くより余程よかったから。

そんな風にして、悦子と僕はしたしくなった。しかしそれにしても、後になって彼女に惚《ほ》れてしまうことになろうとは、気が付かなかった。どちらかと云えば、彼女は魅力のとぼしい方だった。

一週間ばかりたって或る日、行ってみると、彼女は病気だからと云って、テニスのラケットの模様のついたユカタを着ていた。僕がその模様を子供っぽいとひやかしたことから、話は小学校の頃の夏休みのことになった。悦子は自分は優等生だったと云った。そう云えば、彼女の青白い皮膚や、へんにキチンとした身なりに、いかにも級長さんらしい所があった。けれども、学校のはじまるのが厭《いや》だったのは、ビリだった僕と同じだった。終りに近付いた休みの日が一日一日と消えて行くときの憂鬱《ゆううつ》さ。活気のなくなった暑さの中でひとりぽつねんと子供心に感じる焦躁《しょうそう》。そんなものが僕たちの心によみがえり、それがなつかしいと云うよりは、ジカに二人の気持ちにふれあった。僕は云った。きょうもまた怠けて遊んでしまい、手のつけてない宿題帳の山をながめながら、ヒグラシの鳴くのをきくのはやりきれなかった、と。すると彼女は突然きいた。

「あなた、ヒグラシの鳥って、見たことある？」

僕は驚いた。悦子は二十歳なのだ。問いかえすと、彼女は口もとにアイマイな笑いをうかべている。そこで僕は説明した。

「ヒグラシっていうのはね、鳥じゃないんだ。ムシだよ。セミの一種だよ」

悦子は僕の言葉に仰天した。彼女は眼を大きくみひらいて、――悦子の眼は美しかった――「そうオ、あたし、これくらいの鳥かと思った」と手で、およそ黒部西瓜《すいか》ほどの大きさを示した。……僕は魔法にかかった。ロバみたいに大きな蝶《ちょう》や、犬のようなカマキリ、そんなイメージが一時にどっと僕の眼前におしよせた。僕はたまらなく愉快になり、大声をあげて笑った。すると彼女は泣き出した。

「あなたのおっしゃることって、嘘《うそ》ばっかり。だってあたし見たんですもの……軽井沢で」

そう云って彼女は、僕の肩によりかかって泣くのだ。ポロポロ涙が頬をつたって流れている。僕は狼狽《ろうばい》した。

「そうだね。軽井沢にはいるかもしれない。ほんとは、僕はまだヒグラシなんて見たことないんだ」

僕は彼女を横から抱いてみた。しばらくそうしていた。濡《ぬ》れて光っているので眼がいっそう大きくみえた。ウブ毛のはえた白い顔を見つめながら、僕は彼女の体臭をかいだ。それは子供の臭《にお》いだったかもしれない。しかしその乳くさい臭いが不意に僕に、女を感じさせた。僕は髪の毛をかきあげて、耳タブに接吻《せっぷん》した。悦子は僕のするままになっていた。

あとになって、僕は不安になった。自分のしたことが、よほど下卑《げび》たことに思われた。それに僕は、悦子の了簡《りょうけん》をはかりかねた。彼女は本当に何も知らないのだろうか。困惑した僕は、たかだか自分の唾液《だえき》で女の耳を濡らしたにすぎないことを、ひどく誇張して考えた。軽井沢には西瓜ほどのセミがいるなどと、それが僕にはどうやら本当のことになりかかっていたのだ。ところが、実際は「嘘つき」は悦子の方だった。その晩おそく、彼女から電話がかかって来た。

「どうした。気分が悪いの?」病気だと云っていた彼女は、昼間のことがタタって熱を出したのかも知れぬと、僕は受話器の前でせきこんだ。すると、彼女はこんなことを云うのだ。

「カエルがいっぱい飛んで来て、眠れないの。……あたしの顔に冷いものがさわるのよ。電気をつけてみたら、雨ガエルなの。何処《どこ》からはいって来たのかしら、ベッドの上にいっぱいいるの、……小さな、小指のさきぐらいの雨ガエル」

僕はそれは信ずべからざることだと思った。もし、カエルのことが本当だとしても、もう二時にちかいのである。もはやこれは、彼女のワザとやっていることにちがいなく、とすれば昼間の「ヒグラシ」もまた彼女のつくりごとではないだろうか。そして彼女は、僕の疑いを裏書きするかのように、その後同じ方法を何べんもくりかえして使いはじめた。たとえば彼女は、木や、草や、獣や、そんなものの名をいちいち僕にしつっこく訊《たず》ねるのだった。そして、ふと「あなたって知ったかぶりね。何でも知ってるふりするのね。もっともらしい顔して」とケラケラ笑って喜ぶのだ。そんなとき彼女は、オモチャのようなセルロイド製の黄色い腕環《うでわ》を、ひけらかすみたいにはめていた。

けれども、同じことを何べんも反復するのは、悦子のクセでもあるらしかった。単純なトランプのペイシェンスを、半日も続けてやることがあった。クルミ割りがこわれたときのことだ。僕が、中学生のころ運動部の合宿でやった、ドアの蝶つがいにクルミをはさんでつぶす方法を教えると、彼女はすっかりそれに熱中してしまった。はじめは菓子につかうから、三つか四つ割ればいいと云っていたのだが、食堂の大きなドアのまわりをぐるぐる息をはずませて駈け廻り、「ほら」「ほら」と一つ割るたびにいちいち得意になる。それでこちらも、「うん、なかなかうまい」と調子をあわせるうちに失敗して、皮も肉もいっしょにつぶれたりすると、「よウし、こんどこそ」ともう夢中で、ふだん汗かきでないことを自慢にしている額をビッショリぬらしながら、重いカシの扉をばたんばたん云わせて、もう何時《いつ》はてるともキリがない。……犬のスペックスはおどろいてガンガン吠えるし、この日僕はクルミの食いすぎで、頭が完全におかしくなった。

だんだん僕はずうずうしくなった。朝、つとめが終ると、すぐ悦子のところへ出掛けて行き、シャワーを浴びてから、居間の長椅子でひと睡りするのが、いつか僕の習慣みたいになってしまった。入口のドアを開けてはいって行くとき、僕は、たったいままで夜番だった俺がこれからは泥棒になる、とおかしい気もするのだが、昼寝から醒《さ》めた頃にはもう悦子の作ってくれるコーヒーを、「すこし水っぽい」などと云うのだった。同じことが悦子についても云えた。絨毯《じゅうたん》の上にそのまま横坐《よこずわ》りした彼女が、片ヒジを皮のストゥールにのせて、うつむき加減に本を読んでいるときなど、うっかり僕は、彼女がずっと昔からこの家でそだてられた娘であるような錯覚を起した。ちょうど居間の片側の壁に、汽車のコンパートメントみたいな作りつけの椅子のある一間ほどの出っぱりがあって、そこにいかにも悦子の好みの煖炉《だんろ》が切ってあった。焚《た》き口に、石炭にみせかけた黒いガラスのかけらが山のように積んであって、その奥に色電燈が仕掛けてある。スイッチをつけると、黒いガラスは中側から赤く光り、燃えているように緑や黄いろの焔《ほのお》をあげるが、そのくせちっとも温くはない。それは装飾品なのである。僕らはよく、

「汽車に乗ろう」とそこへ行った。彼女は「おベントウもってかなきゃア」と菓子をもって来て、

「まア、フジサンがよく見えますこと」

と炉棚《ろだな》の上に飾ってある山の絵を指してしゃべりながら、食べるのである。しかし向いあった椅子と椅子との距離が一間もあるので、僕らは結局床の上へ降りてしまう。すると、――もともと、「汽車」は、区切られているために部屋中で一番暗い場所なのだが、――僕らのまわりは、テーブルや椅子やその他いろいろの家具の、峡谷の底みたいに暗くなってしまい、煖炉からくる赤い光だけが、悦子の顔の半面を照らしだす。寝ころんだ僕は、毛の長い絨毯がへんにしめっぽく軀《からだ》全体にまつわりついてくるのを感じながら、影のできた彼女のあかい顔に、いつか唇にふれた耳タブの感触を思い出した。僕はムズムズしてくる。手を出してみようかな、と思う。が、いつでも手のとどく所にいる彼女に、何故《なぜ》かそれは出来ない。ことさらそんなことはしなくても、という気になる。……これが恋愛というものだろうか。最初にうけた印象と今とでは、悦子の容貌《ようぼう》がまるで変って見える。

僕はいつの間にか、悦子のオトギ芝居に片棒かつがされていた。そしてそれが愉《たの》しい。彼女の云うことをきいてやることが、かえって僕には、彼女を自分の「持ちもの」にした感じなのだ。僕は悦子の提案するところにしたがってカクレンボをやる。いまやこの家は、家具ごと僕ら二人のものも同然だった。いたるところに隠れ場があ る。ベッドの下、カーテンのかげ、簞笥《たんす》の中、いろいろの鏡がいっぱい置いてある化粧室。……僕は階段を上って、廊下のすみの物置部屋のところに、使わずにブラ下げられてあった野戦用のウオータア・バッグの中にかくれた。これは新戦術だった。よじのぼって足をかけるとグラグラゆれたが、すっぽり体を入れてしまうと、案外居心地がよかった。袋の縫い目にアナをあけて様子をうかがうとはたして悦子は廊下を何べんも通りながら僕に気付かず、ウロウロと寝室や化粧室のドアを開けたり、急にワッとさけんでバス・ルームの中に飛びこんだりしていたが、とうとう僕の名を呼びながら階段を下りて、どこか遠くの方へ行ってしまった。最初笑いをこらえるのに懸命だった僕は、退屈を感じはじめると同時に、眠入ってしまったらしい。——夜寝ない商売の僕は、昼しょっちゅう眠るクセがあった——どのくらい眠ったであろうか。目をさますと、家中は変に静まりかえっている。僕は階段を下りてガランとした天井の高い廊下を歩きながら、自分の襟元《えりもと》に埃《ほこり》っぽい臭いを感じる。食堂の扉をひらくと、悦子は、テーブルの上に馬鹿に大きなジェロ・パイを置いて、その前にしょんぼり坐っている。

「あら、めっかっちゃったわ」

彼女は僕の姿をみると頓狂《とんきょう》な声をあげた。そして急に活気づいてハシャギながら、これはマダムに教わった秘伝の菓子で大変ウマいのだが、絶対に僕には食べさせない、と云った。

「あなたは意地悪よ。だから、あたしもこれから意地悪にするの。……けさから作っといたんだけどなあ」

僕は、そんなことを云わずに、どうか食べさせてくれとたのんだ。彼女とそんなやりとりをしているうちに、だんだん睡気のさめて来た僕は、本当に空腹になった。

「ダメよ。あたしがひとりで食べちゃうの」

「タノム、ひと口でいいんだ」……僕がそう云いおわらないうちに、もう彼女は直径八インチのパイを両手で口へもって行くと、舌をチョロッと出してパイの皮からこぼれそうになっているジェロを舐《な》めた。

「あ、……」

僕は、半分本気でガッカリした。彼女は唇のはじにクリームの泡をつけてイタズラッぽく、僕を見て笑うと、

「あなた、こっち側から食べる?」

と、口にくわえたパイを僕の前にさし出した。

僕は、ものを考えている暇はなかった。顔じゅうジェロだらけになって、僕らは接吻した。

クレイゴー中佐が出発してから、ちょうど四週間目の日にあたっていた。

僕はもう、悦子なしではいられなくなった。悦子と無関係なあらゆるものは、みなくだらなく見える。店で、僕は落ち付きがなかった。もし、主人が何処かで夜番である僕の勤務状態をさぐっていたとしたら、彼はきっと僕の勤勉になったことに驚いたにちがいない。以前ならば、誰もいなくなった店の一番上等な椅子《いす》にどっかり軀をうずめて、本を読んだり居眠りしたりしていた僕が、この頃では五分と一と所にじっとしてはいないのだ。絶えずあちこちと動きまわり、銃架を指でこすったり、窓や扉の鍵《かぎ》をガチャガチャいわせているかと思うと、もう弾薬室の前で寒暖計を読んでいる。……そのくせ泥棒がはいって来ても気が付かなかっただろう。僕が待っていたのは、悦子からの電話だけだった。

椅子にじっと坐っていると、机の上の電話機が僕をドキドキさせる。便所の中でさえ、僕はベルが鳴っているのではないかと、気が気じゃない。しかしまた、悦子の電話ほど僕をいら立たせるものはないのだ。一時間も、ときによると二時間かあるいはそれ以上も、とりとめのない話をかわしながら僕は、ご馳走《ちそう》のにおいだけ嗅《か》がされているときみたいに、じたばたする。こちらの言葉が全部、くらい闇《やみ》の中に吸いこまれて行き、向うからも、実体のないただ言葉の形骸《けいがい》だけが伝ってくる。そんななかで、僕らは棒倒しの棒みたいな、ただ一つのことを、押したり引いたりしあうのだ、だが、その一つのことが、僕には何だか解《わか》らない。彼女にも、僕の云うことは解らない。お終《しま》いに彼女は、とうとう動物の鳴きマネをする。

「あウ、あウ、あウ」

そんなとき僕は、彼女の声の消えのこった受話器を、まるのままパンのように食ってしまいたくなる。

僕らはドウドウ廻りをしていた。最初の接吻をあんなふうにやってしまったことがあきらかに間違いだった。普通のやり方で倦《あ》きてしまったときには、あんなこともあり得るかもしれない。しかしそれも、よくよくのことだ。……あれ以来、悦子の少し茶がかった柔い毛髪と、青白いまるで液体みたいな皮膚とが、菓子の砂糖や牛乳の甘さといっしょくたになって、僕の周囲にまつわりついてはなれない。僕は悦子の軀に触れているときにだけそいつを忘れることが出来る。……もはや彼女の子供ッポさは完全に彼女の「術」であるはずだ。それにしても、何とそれは邪魔ッけなことだ。悦子は自分の仕掛けた花火が、突然途方もなく大きな傘をひらいてしまったのに、タマげたのだろうか。それとも、いちいちの動作にみなあの「術」をくりかえさずにはいられない何かがあるのか。彼女は僕の腕の中で、「一度だけ。……一度だけよ」と僕を避ける。そうなるといくら僕がいきり立ってもだめだ。彼女の抵抗にはまるで力がない。それでいて僕にはどうすることも出来ないのだ。……僕はやり場のなくなった力をもてあましながら、店へ帰る。彼女は僕をどう思っているのだろう。しんから、あんなタワケたことが好きで、「赤ずきん」ゴッコをやろうと云い出すのだろうか。あくる日になるとまた僕は、彼女を家中追っかけ廻して、足のさきから頭まで食べるマネをさせられる。

僕は、ぼんやりしていた。昼、眠ることはほとんど不可能になった。夜も、勤務という義務感をなくしたとしても、やはり眠れなかった。悦子をはなれると、僕はイライラと動きまわっていない時には、机の上に頭をかかえこんで、何故か、砲弾の飛ぶイメージばかりをしきりに思い描いた。

時のたつのがおそろしく速い。僕はそんなことにも気が付かなかった。眠れないためか、夜昼ごっちゃになった時間は、一日一日の切れ目がなく、期待と焦躁《しょうそう》で熱した頭をながい一日のように素通りした。僕は、びっくりした。悦子がクラッカーのこなごなになったカケラばかりあつめたのにミルクをかけて食っていた。あれほど豊富だった食糧が、もうほとんど尽きかけている。戸棚にのこっているものといえば、オリーブの実の酢漬、アンチョビイ、にんにく、ひからびた大根の千切りみたいなココナッツ、そんな、僕らには到底食べられないものばかりだ。スペックスは近所の台所をうろつくようになった。……もう僕らの夏休みもおわりかけているのだ。

塙山と云う男――しらない人は、彼が風呂からあがったところを見ても、ドブに落ちた男がマンホールから這《は》いあがった所だと間違えるにちがいない。不潔さを皮膚全体にシミつけて生れてきたような男だ。彼は不精ヒゲをはやしたり、垢《あか》だらけのシャツを着たりはしない。それどころか、自分専用の鏡台を持っていて、どんなに貧乏をしても、美顔水やクリームの類はけっして欠かしたことがなく、パーマネントをかけた頭髪は、いつも陰毛みたいにちぢれている。ピンクに黄色いダンダラ縞《じま》のサルマタをはいて、「アメリカ製だぜ」と、何かと云えばすぐにズボンを下げて見せたがり、それをダンディズムだとしている。下宿を転々とするのは、そのたびに必ずそこで誰かしらに惚《ほ》れて、また例外なしに嫌われては、いたたまれなくなるせいだった。彼は恋人が変るたびに僕のところへやって来て、退屈する僕にはおかまいなしにそのグチともノロケともつかないものをながながと聞かせる。青ぶくれのした顔の、そこだけが紅をぬったように赤い口からツバキをいっぱい飛ばしながら、ムキになって恋愛を語るところは、へんに滑稽《こっけい》であり、それだけ悲惨であった。

しかし、そんな塙山がいまの僕には女についてのエキスパートと思えるのだった。僕は悦子との間に起った一切を彼に話した。とりとめのない僕の記憶は、話す間にも絶えず出没する悦子の幻影にさえぎられ、ますます散漫に流れようとするのを、やっと喰いとめながら、

「いったい俺は、どうすればいいんだ」

と、すがりつくような眼を塙山にむけた。

塙山の答は簡単だった。

「いいじゃないか。大丈夫ものになるよ。もうひと押しだろう」

「ものになるって？」

僕には塙山の云うところが、解っているようで実はさっぱり解らなかった。すると塙山は僕の顔を、まじまじと見直して、真正面からふき出した。

「しょうがねえな」と彼はゲラゲラ笑うばかりであったが、ふと笑いやめて、からかうように、

「……しかし気を付けろ、女の嘘《うそ》がどんなに単純なものでも、それが嘘であるかぎり、お前はダマされたと云うことになるかもしれないぞ」とつけたした。

僕は塙山と別れて、街へ出た。悦子にとどける食糧品を購うためだった。僕は借りられるだけの金を借り、さらに持っていたわずかばかりの書籍と辞書を金にかえた。

街を歩くのもしばらくぶりのような気がした。すばらしく暑い。本当の夏は、これからはじまるのだった。……空ッポになって行く原宿の家の食糧戸棚が、残りすくないカレンダーのように僕をせき立てる。「夏休み」がおわった後、僕らにのこされるものは、何もない。すべてが、十二時過ぎたシンデレラの衣裳《いしょう》同様、あとかたなく消え去ってしまうことは明らかなのだ。いまとなっては、時間はもっとも大切なものとなった。夜、店で待つ仕事をしているとき、又、も早やよけいな儀式みたいなものになった悦子とのくりかえしの遊戯をやらされているとき、もてあますと云うより、呪《のろ》いたいほど厄介だった時間が、気がついてみると、もう手許《てもと》にいくらも残ってはいない。……ところで僕は、金さえ出せばものが買えると云うことを、不意に思い出した。そんな簡単なことがまるで天来の啓示だと思われたほど、僕はぼんやりしていた。そしてうれしさのあまり、おかしな錯覚をちょっと起した。あの食糧戸棚がいっぱいになれば、また夏休みがかえってくる、と云うような。……

食糧品店で、僕は不意打ちの戸惑いを感じた。軒先からぶら下った大きな塩漬けの魚やソーセージ、その他いたるところにギッシリつまった食い物の壁が、四方から僕を包囲して、圧倒された。雑沓《ざつとう》の中にナマナマしくさらされた食い物を見ると、僕はソースをかけた靴を皿に入れて目の前におかれたように、まごついた。……こんなことは悦子と知りあうまでは感じたことがなかった。僕は、店員に値段をきいたり払ったりするとき、いちいち恥しいような気がするのだ。幅のひろい六角形の顔をした女の子から、釣銭をうけとりながら僕は、こんな物を買うなんて俺のガラじゃない、などと思った。しかし、そんな自分を、僕は悦子に影響されているのだとは気付かなかった。逆に悦子のためだからこそこんなこともあると考えた。そして、両腕いっぱいに食い物の包みをかかえこんだ僕は、まるで将軍に鼓舞された兵隊みたいに意気ごんで店を出た。

クレイゴー中佐の家は、広いケヤキの並木路をそれて、細い横道をのぼりつめた坂の上に建っている。道はそこでおわって袋小路になっている。黄色い陽にてらされて、大きな荷物をかかえた僕は、汗だらけになって坂道をのぼりながら、だんだんと舞台のセリのように現れてくる屋根や窓を、ヤレヤレと云った思いで眺めるのだが、ようやく坂をのぼりきると、大きな草色の幌《ほろ》をつけた軍用トラックが眼についた。玄関前のすこし傾斜した地面に、車体をかたむけたジープのステイション・ワゴンが横づけにされている。クレイゴーの自動車だ。……帰って来たのだ。

「一週間はやすぎるじゃないか」と文句を云ったところではじまらない。疲労のせいか、ただアッケラカンとするだけで、僕はそれほど失望もしなかった。そのまま引返えそうとした。しかし、荷厄介な包みをはやく片づけてしまいたい気持が、せめてひと目だけでもと云う心を誘い僕を冒険にカリ立てた。

クレイゴー中佐は軍装でポーチの上に立ち、手にしたパイプで、トラックから運び出される大小の函《はこ》を指揮している。僕は躊躇《ちゆうちよ》しそうになる自分の心を、強いてふみにじりながら、門をはいった。

——US……、白い接収家屋番号の立て札が、突然のように眼にとまる。僕は足をはこびながら、大きな声で云った。

「グウド・モオニング」

中佐は返辞をしなかった。眉《まゆ》の太い、威厳のある顔を、ケゲンそうにゆがめて、ジロリと僕を見た。それだけで、僕の敗北だった。

——間違えた。午後二時だ。

駅でみた、太い針の指した電気時計が頭にうかぶと、僕はなぜか非常に恥じた。と同時に恐ろしさが、それにつけこんで猛烈ないきおいで襲いかかり、僕は咄嗟《とつさ》に、ふりかえるが早いか駈《か》け出すと、坂をころび落ちるように逃げた。

寒暖計は摂氏三十四度をしめしている。弾薬室の扉に、「危険」と書かれた赤ペンキの文字が、暑くて流れ出しそうだ。

……僕は原宿の坂を駈け降りたあと、云いようのない屈辱感と自己嫌悪のうちに、しばらく悦子のことを忘れて一日を送った。それがいま次第に落ち付きをとりもどすと、一昨日までの生活がも早やどのような手段をこうじようとも、取りもどしようのない所にあるのが明瞭《めいりよう》になるにつけ、悦子のことがたまらなく僕の胸を打ちはじめた。それは僕がどれほど強く切望しても、かなえられない望みなのだ。僕はいまになって、接収家屋の番号をうった小さな木の札が、名実ともに交戦中の敵の手に陥ちたものをあらわしていることに気付いた。

僕はただウロウロと店じゅうを歩きまわった。いまはもう何を待とうにも、待つものがない。ピラミッド型に積みあげられた火薬のつまっていない薬莢《やつきよう》の山、運動会につかわれる花火の玉、囮《おと》りになる木製の水鳥……そんなものの上をウツロな視線が滑った。

十一時頃、ベルがけたたましい響きをたてた。受話器のところへいそぎながら、僕は苦笑した。つい一昨夜までの習慣が忘れられず、胸がざわめくのだ。が……次の瞬間、事態は一変した。電話ではなかった。めくれ上ったブラインドの隙間《すきま》から覗《のぞ》く表口の扉のガラスに、街燈の灯をうけた人かげがうつっている。悦子だ。僕は鍵《かぎ》をあけようとするが、なかなかうまく穴にささらない。彼女は僕をみとめると、ガラスごしに笑顔をみせた。ミカン色の燈をあびているのに、顔の色はおそろしく青い。戸をあけて、はいって来た彼女を間近にみてもまだ僕は半信半疑だった。銃架にかかった鉄砲の落す影の、屈折した縞模様のなかから、悦子は云った。

「三年ぐらい会わなかったみたい」

僕には、その言葉がまるで別世界からきこえてくるもののようだ。

クレイゴー中佐と夫人とは、きのう突然帰宅すると、今日また出掛けてしまった。くたびれたから日光へ行って、休養してくるのだと云う。……

「驚いた？」と悦子は僕の顔をのぞきこんで、「あさって帰ってくるんですって。二日間のびたのよ、お休みが」

僕は返辞もできなかった。驚いたかと訊《き》かれて、そのおどろきをどう説明していいかわからなかった。確実にしめ出されたと思った生活に、またもどれる。……僕は、ガラスの靴を手にしたような気がした。いま、あたえられたこの二日間が、前の休みのあわてて脱ぎ落して行ったガラスの靴のように思われた。……それは僕に、失ったすべてを呼びもどしてくれるものではないか。

「けさ早く行っちゃったの。すぐあなたに電話したんだけれど、どうしても通じなかったわ」

昼間の電話はどうせムダなのだ。僕は店にはいられない。悦子もそれは知っているはずだ。僕がそのことを云うと、彼女は、

「ああ、そうか。——」

とアドケなく声をあげて、眼をクルクルさせる。僕ははじめて、ふだんの彼女を思い出した。

「……おかげで此処《こ こ》、ずいぶん探しちゃった」

僕は店の場所を教えてなかった。彼女は、僕がはじめて原宿へ行ったとき持って行った散弾の包み紙につかった古いカタログで番地をしらべた。

「駅のそばできけば、すぐわかったのに」

「ううん、いやだったの、何だか人にきいたりするの」

悦子は肩を僕の胸にすりよせるようにしながら、そう云った。僕は彼女を抱いた。彼女は胸をあらく波うたせていた。そして僕のシャツの左の胸ポケットにはいっていた大きなパイプを、どけてくれるようにたのんだ。僕は腹立たしくすぐさまそいつを引きぬいて棄てた。それは人造石の床の上でかわいた音をカラカラとひびかせた。僕

は彼女を奥にある皮の長椅子《ながいす》のところまでつれて来た。途中、飾り棚の間をすりぬけながら、からみつく彼女に自由をうばわれて僕は何べんも倒れそうになった。もう二人とも軀《からだ》を起してはいられなかった。

僕は確信した。この女とはもう離れられっこない。彼女と僕とは、とけあって完全に一つになるべきときが来た。……燃えたったあまりの誤算だとは知らず、僕はほてった顔を柔らかな悦子の髪のなかにうずめながら、そう信じこんだ。だから、悦子のスカートのまわりをさぐっていた僕の手が突然ふりはらわれたときには、しんから、びっくりした。そして何かの間違いではないかと思った。

「いけないわ、そんなこと」

そう云って彼女は、また僕の手をはらいのけた。咄嗟《とっさ》に僕が感じたのは、羞恥《しゅうち》だった。ほんの少しの間、僕は赤面しながらニヤニヤした。しかしそれはすぐ裏がえしの怒りに変った。「……そんな馬鹿なことが」と僕は、彼女の手を押しかえし、「それなら、何故《なぜ》来たんだ」とどなった。実際僕は、彼女の頸《くび》をしめ殺したいほどだった。が、それもながくは続かなかった。興奮しきっているくせに、力がひとりでに抜けて行くのだ。悦子は二度僕の手をふりはらっただけでもはや抗《あらが》いはしなかった。もっと悪かった。彼女は毀《こわ》れた人形みたいに両眼をポッカリあけてその軀を投げ出すように横たえていた。ほそい脛《すね》がスカートのはじから、ダラリと折れたようにブラさがっている。……それを見ると僕は、戦闘中に突然陣型を変えさせられる艦隊のように、困惑しはじめた。僕の疑問は「夏休み」のはじめ、彼女がヒグラシを鳥だと言った頃にさかのぼった。そしていまは、僕の見当ちがいが、悦子がまったくの少女にすぎなかったことが、あきらかにされたと思った。……悦子の背中へまわしていた僕の腕に、彼女の軀はへんに重く、岩のように重くなって、長椅子が急に窮屈に感じられてくる。僕はただ、暗い穴のような天井を見上げながら、熱した頬を椅子の背にくっつけてさました。あらい皮の感触がこころよい。

いつか悦子は起きなおっていた。飾り棚のガラスの前で、髪の毛をなおしている。

「鏡なら、あすこに大きいのがあるぜ」

僕は寝ころんだ椅子の上から声をかけて、ハッとした。僕はいま彼女の帰り仕たくを急がせているんじゃないか。――いまこそ僕は何もかも失いつつある。

僕は立ち上がって、鏡のところへ案内し、明るい電燈をつけ足してやる。彼女の意志にしたがう親切さが、あべこべにいまは彼女から離れて行くことになる。ギラギラした光の下で、痩《や》せた悦子の後姿の、あらわな貝殻骨の間にできた服のシワが、やりきれない哀れさだった。

「…………」僕は云いかけて、やめた。何かひと言と思うのだが、言葉を探すことはムダだった。何を云ったところで、このしらじらしさを増すことになるばかりなのだ。……放っておけば手のとどかぬ距離にまで、はなれてしまうものかもしれない。と云って、いま僕が言葉をかけるとすれば、それは自分の手で彼女とのつながりを断ち切ることにしかならないではないか。

悦子は鏡の中からふりかえった。彼女は何もしらない笑顔で、

「……駅まで、送ってくれる？」

僕はもう、おさえきれなかった。

「いやだ。……いやだ、絶対にいやだ」

N猟銃店の一切は、以前と何の変りもない。僕にはそれが不思議だった。いまは僕は、ほとんど居眠りばかりしている。もう何をする気もしなくなった。

僕は、うつらうつらしながら眼をあけて、ふと机の上の電話機が気になる。僕はガバと起きなおって、いきなり受話器を耳にあてる。

「…………」

何もきこえはしない。しかし僕は、それでも受話器をはなさない。耳タブにこすり

つけてジット待つ。するとやがて、風にゆられて電線のふれあうようなコーンという かん高い物音が、かすかに耳の底をくすぐる。それは無論、言葉ではない。しかし、だんだん高まるその音は、声のようではある。いったいそれは、僕に何をささやこうとするのか。……

僕はいつ迄《まで》も受話器をはなさない。ダマされていることの面白さに駆られながら。

陰気な愉しみ

　月に一度私は、私の居住している神奈川県の県庁所在地である横浜の役所に、金をもらいに行くことになっている。それがたとい正当な報酬である場合にしろ、金を手渡されるしゅん間には、人は何かある屈辱を感じはしないだろうか？　ところが私の場合には、理由がないとは云えないまでも、なんとはなくハッキリしない理由による金なので、その変な気まずさは一層である。つまり私は、七年前に軍隊で背中にうけた傷がもとで病気になり、いまなお労働にたえられない身体だというので、金をあたえられるのである。——こう云ってしまえば聞く人には、あたりまえのことと思えるかもしれない。しかし、当人である私にとっては必ずしもそうではない。実際、私は解《わか》らなくなってしまうのだ。果して私が、もし丈夫な身体をもっていたとしても、月々これだけの金をかせぎ得る能力があるだろうか、と。まことにこれは疑わしい。金額は月に二千円ばかりのものだが、学徒動員に現役兵として入営し、一年四カ月の軍隊生活でもヘマばかりやって、ついに一等兵にも進級することのできなかった私には何かある欠陥があって、金をかせぐという一人前の能力が、まるきりないのではなかろうか。……もしそうだとすれば、私はいま自分の病気をカタにして金をもらっているわけだ。すくなくとも金をもらいに行く当日は、そんな気分になる。

その日になると私はそわそわとして、大抵は前夜よく睡《ねむ》れないためもあって、朝飯も味がしない。期待というものが、いつも不安に満ちたものだとしても、私の場合には、きょうは金がもらえるだろうか、もらえないだろうか（持参する書類がすこしでも不備な場合はもらえない）、と云う漠然たる不安の他に、もっとハッキリした、そのくせ荒唐無稽《こうとうむけい》な不安がある。つまり、きょう役所へ行き着いたとたんに私の身体から病気がフワリと逃げ出して、誰の目からも一目瞭然《りようぜん》、健康人そのものになってしまいはしないだろうか、という恐怖である。こんなことが起ったら一体、私はどうなるだろう。

——どうです、体の調子は？

こういうことを役人がきくのは、よほど機嫌のよいときである。だが彼は忽《たちま》ちのうちに、質物の外套《がいとう》に大きな焼け焦《こ》げを発見した番頭のように、不機嫌になって私の顔を見返すであろう。すると私は、そうでなくても疑りぶかい役人に向って、たったいま身体の内部に起った奇蹟《きせき》を、どう説明すべきかに苦しんであせりながら、ますます頬を健康そうに赤らめるにちがいない。……この夢のような疑懼《ぎく》はまだ他に手をかえて、さまざまなシチュエーションをともないながらやってくる。それは消そうとしても消すことが出来ない。なぜかと云えば私の身体のいかなる部分も私の意志に反してこの病気の奇蹟的な逃亡を待ちのぞんでいるのだから。……こんな不安は、やがて一つの罪悪感をうえつけてしまうものらしい。たまたま通りがかりの路で、若い男が手錠で巡査に猿のようにひっぱられて行く光景にぶっつかったりすると、私は好奇心や同情よりも、自分自身に暗い不吉な影がさしたような気がして動揺するのである。

K海岸の町から汽車や電車で約一時間、桜木町へつくと私はもう、かなり疲労する。駅をおりると右手に、ねずみ色の屋根屋根の上にぽっかり島のように浮んだ野毛山という山の頂上に役所はある。電車通りを横断して坂にかかると私はのろのろとのぼって行く。……片側にセメントの塀がいつまでも追いかけるように続くのをみながら、呼吸がだんだんせわしくなり、胸の中に酸ッぱい空気がつまってくる。こんな苦しさが私を安心させる。そして元気づくまいとして、出来るだけうつ向きになって歩く。うしろから風を切って自動車が私を追いぬき、カブトムシの背中のように光った尻を見せながら、泥水をはねあげて行く。このときとばかりに私は、わざと濡《ぬ》れる。……坂道をのぼり切ったところで、私は疲労とためらいとで、ひと休みしたくなるのを押しきって、たまった胸苦しさを財布のようににぎりしめながら役所の門を入る。

災害給与係の部屋で、もうはや私は病気そのものでありたいとねがうあまりに、生きた心持もしないのであるが、ことに一人の少女が私を怖《おそ》れさせる。……ギシギシと音のする階段を上りながら、いつも彼女がいないでくれればいいと思うのだが、ドアを開けると、やっぱり居る。……ふとい眉《まゆ》のせまった黒い眼と、赤い大きな口とが、幅のひろい顔をいっぱいに占めて、齢《とし》に似あわない化粧をしているが、せいぜい十八ぐらいだろう。他の連中はいないことがあっても、きっと彼女はいる。数枚の紙幣が手わたされるまでには、すくなくとも四五十分、悪く行けば二時間ちかくもかかるのだが、その間じゅう私は彼女の射るような視線（部屋のうす暗さで一層光ってみえる）にさらされていなければならない。……

係のKという役人、これはもう四十ぐらいにはなるだろう、いつも汚れた黒いセビロを着ていて、背がひくく、額のひろい大きな顔に、バンソウコウでとめた黒ぶちの眼鏡をかけている。私の書類をしらべるのもこのKだが、彼はその他にこの部屋中のあらゆる用事を何でもやる。……私の差し出す書類をうけとると、眉をしかめて、うさん臭さそうにあらためながら、突然パッと立ち上ると飛びつくような恰好《かっこう》で、電燈のスイッチをひねる。それも一箇所だけではなく、黒い蝙蝠《こうもり》のように跳びながら、各テーブルの上にぶらさがった電気を全部つけてまわる。……やっと書類にもどって、同じところを首をふりながらながめると、忽ち、怪しいぞこれは、という風に隣の役人に紙片を示しながら、私には聞えない声で話しかける。しばらく話してようやくウナずき、鉄筆をとりあげて申請書をかきはじめるが、二三字かいたかと思うと、もう筆をとめて、小走りに柱時計のところへ近づき、よじのぼってネジを巻きはじめる。……嚙《か》み合せの悪い歯車のように不安定な彼の動作は、流れてはまたすぐ止まる。その落ち着きの悪さが私に反映して、まえもって感じている不安と重なりあい、彼の動作が変るたびに私は、脈搏《みゃくはく》がカタンととまって身体がつめたくなるようだ。私はシャツの合せめに手を入れてギプス・コルセットの上から心臓をおさえ、キョロキョロとあたりを見廻す。と、れいの少女が、ぎゅっと瞳《ひとみ》をかためて私を見つめているのだ。……その眼が私をすっかり、イカサマ師、インチキ不具の乞食《こじき》にしてしまう。

私は猥褻《わいせつ》になってやろうと思った。……彼女はえりの開いた白いセエターを着て、紅色の裏地をつけた紺の上衣《うわぎ》をはおっている。オリーヴ色のタイトスカート、ふとい脚、ニッケルの首飾をあたためているぶ厚い胸。……私は彼女の身体の秘密な場所を想像しようとする。が、だめだ。……ズボンのポケットのなかで、汗でにちゃついている拇指《おやゆび》とひとさし指の腹をこすりあわせながら、けんめいにイメージを追ってみるのだが、彼女の下着一枚さえ湧《わ》いてこない。頬杖《ほおづえ》をついて紅を塗った唇をゆがめている彼女のマタタキひとつしない眼が、私のあらゆる努力を途中からみなハネ飛ばしてしまう。そして私の劣等感をますます確実にしてしまった。

……ようやくのことで、不愛想なKの、

「今月分はこれ。……来月はまた〇日すぎにきてください」という言葉とともに紙幣がわたされる。湿っぽい感触を手のなかににぎりしめるその時、私の緊張は最高潮に達する。……ふり向いて出口の方へ歩きかけながら、背中に、お尻《しり》に、後頭部に、無痛の針を何本もつき刺されているのを感じ、頭のなかには、大岡越前守《えちぜんのかみ》につかまった釜《かま》泥棒をはじめとするドタン場でしくじった者の数多《あまた》の古来の教訓がうずまく。そして、出口の扉までの板ばりの廊下は無限大にながい。

私は、こんなにまでして金が欲しいのだろうか。勿論《もちろん》、金はいくらあってもいいものである。しかも、このお金は母が米やニボシや、またはアメ玉ぐらいを買うのに消えてしまう金である。必要なのである。だから私は耐えられない苦痛をしのんで役所へ行く、……そうだろうか？　ウソだ。なぜならば役所へはミトメ印さえあれば本人が行く必要はないのだ。では、なぜ私は行くのだろう。いろいろの理由があげられる。たとえば、母はよく金の勘定をまちがえたり、落したりするタチであるとか、父はひとの前へ出るとドモって口がきけなくなる方だ、とか。……しかし、結局のところ私には自分のやっていることが解らない。私は行きたいから行くのである。そしてわざと自分のなかに思いッきり卑屈な感情をみつけ出し、体中に屈辱感をいっぱいつめこんで帰るのである。そのために私は、いやだ、不安だ、と云いながら実は、その日のくるのを待ちどおしいほど待っている。これは陰気な愉《たの》しみである。

Ｋ海岸にいて横浜を想像すると、それは私の日常生活とは切りはなされた一箇の「街」であり、可能性と欲望の糧《かて》とにみちているように見える。それに、ともかくその日には金を持って——それこそ単に「持つ」だけの話だが——外を出歩くことができるわけだ。

役所の門を出ると私は、野毛の坂を下まで一気に駈《か》けおりる。恐ろしい場所から逃げ出したい気持と、駈けることを禁じられていた子供が許されたときの気持である。こういう衝動的な駈け方をすると、まるで走り着いた所に、なにか楽しいことでも待っているような心持がする。……坂を下りきって電車通りと交叉《こうさ》すると、突然そこから街になる。両側には商店が隙間なく立ちならび、そうでなくとも狭い道路の真中を占めた露店がぎっちりとシラミの卵みたいにつながって、食い物、衣料、雑多な器具や小動物にいたるまで、あらゆる商品が店々から舗道の上まであふれ出している。……なまなましいペンキで彩色した食べ物店、喫茶店。道路に向って開け放しで、壁いっぱいに色いろの布を滝のようにたらしている服地屋。またそのとなりには沢山の樽《たる》を、蹴《け》つまずきそうなほど並べた漬けもの屋。だが、それらのものは私には用はない。どうせ買えもしないし、食べられもしないときまっているのなら、私はもっと別のものをえらぶ。たとえばある食料品店のピカピカにみがき上げられたショウ・ウィンドウの前に立つ。……ぶらぶらブラ下っている艶《つや》のいいソーセージ、霜を置いたパイプを枕《まくら》にセロリやサラダの葉を着せられて横たわっている骨つきハム。それらを私はじっくりと眺めるのだ。いつまでもいつまでも、分厚いガラスが溶けそうになるほどながめる。すると、あざやかな断面に白い骨とうす桃色の肉をみせたハムや、はちきれそうに詰まったソーセージが、むくむくと脂《あぶら》ぎった肉塊に生命力をふきこまれて、たッたいま切断されたばかりの胴や胸のようにみえてくる。突然、彼等は動き出す。堂々と私の眼前に立ちふさがり、あるいはブランコにのって私の鼻先をかすめて通る。この時、私は何とも云えない快感をおぼえるのだ、……貧弱な私の胃袋が驚き怖れてちぢみ上ることに。……また、こうやって鼻をガラスにおしつけそうにしている自分が、往来の人にすっかり見られていることに。

私はまた大廻りして、別のもっと幅の広い通りも歩く。そこは外国人相手のみやげ物屋やレストランばかり並んでいるので、私は買い物や食事をしている外国人をながめる。……写真機をいじくっているアメリカ兵の後に立って、お尻でつきとばされるのは、ちょっと好いものである。しかし、もっと好いのは、日本人のボーイに送られてレストランから出てくる家族づれを見ることだ。チップをそれで補う心算《つもり》もあって、愛嬌《あいきよう》をふりまきながら夫人が先《ま》ず出てくる。その次がやや神妙そうな顔をした主人で、最後が子供だ。……私は幸福な彼等にみとれる。実際、彼等はたしかにわれわれとは人種がちがう。そばにいるボーイは彼等にくらべるとまるで猿だ。そして私はそのボーイよりまた一段下なのだが……。ところで私のたのしみは、これからだ。行き先きでも相談するのか大人たちは子供に背を向けて話しあっている。その隙に、私は怖い顔をつくって子供の顔を睨《にら》みつけてやるのだ。子供は、さッと顔色をかえる。……その筈《はず》だ。ギプスのために両肩に大きな瘤《こぶ》の出来たオジサンの、豚と悪魔とをつきまぜた顔に睨まれるのだから、たまったものではない。幼な児は、みるみる金色のマツ毛の間から眼球をぶよぶよとうるませるのである。(ああ、なんという快感)何も知らない親たちは、あまりの怖さに信じかねる悪夢をもう一度たしかめようと振り向きたがっている子を、無理矢理空色のスチュードベーカーに押しこんで立ち去る。

こうして私は、たまの運動で背中が洗濯板のように疲れるころ、麻痺《まひ》するほどの自己嫌悪を感じながら、浮浪人の多くあつまるナミダ橋という辺の、屋台の店で一ぱい十円の出がらしのコーヒーをのんで帰途につく。

ある日のこと、私は思いがけない幸運にめぐまれたようであった。もう十一月もおわりに近い、最後の秋晴れで、空気のばかにすがすがしい日だったが、役所へ行くとあのいやな少女の姿がみえなかったのである。おまけに、何でもよいことは重って起るものとみえて、係のKはふだんより千円も多く金をよこした。（こちらから出す申請よりも、かなり削り取られるのがいつもの例なのだが）

いつにない気楽さを感じながら野毛の坂を足どりもかるく私は下って行った。……坂の中腹あたりから商店街がみえはじめたとき、雑然とした店々の看板や装飾が一つ一つ、ある力強い手ごたえをもって眼の中に飛びこんできて、私はふところの中の紙幣が、水から上ったばかりの魚のようにイキイキと躍動するのを感じた。……こんな感動はもう何年ぶりのことだろう、使える金がポケットにあるということは。戦争のあいだは金で物がかえなかったし、戦後は家が貧乏になった。……いつか私はあの頃にもどったような気持で、不良学生のふりをマネしてちょっとロイド・ノーラン風にタバコを投げすてるとラグ・タイムの口笛を鳴らしたのである。

飯をくう、映画をみる、お茶をのむ、それからついでに親孝行のためにお菓子でも買おう。……考えるほどのこともなく頭の中にはそんなコースが出来上っていた。

街を歩いていくらも行かないうちに一軒のレストラン兼喫茶店がみつかった。……はやくも私は心に、スープの皿につっこんだスプーンの感触をおもい起しながら、いそいそと入口へ近づいた。ところが私の体は店の一尺前あたりへくると、危険なカスミ網にでも感づいたかのように、足どりが曲ってスーッと迂回してしまった。……おかしなこともあるものだ。私はもう一度もどろうと思うのだが、脚は云うことをきこうとしないで、どんどんと通りすぎてしまう。私はまた別の食堂の前へきた。だが、ここでも先刻と同じように体がよそへ行ってしまう。……ドアの真鍮《しんちゆう》の金具や白いタイルの敷石や、そして静かに整列した椅子《いす》の背中がいくつも浮んで眼に入ると、光にけっして近づけない獣のように、きまって私の体は引きかえしてしまう。何回も同じことをくりかえしているうちに、とうとう私は食堂があるということ自体が不愉快になって、通りをまっすぐに歩けなくなった。

いったいどうしたことだろう。お金のないときには、あんなに悠々と歩けた街が、いまはこんなに気おくれしなければならないとは。……私は、ついさっきまでの幸福な予感に、だんだん自信を失いながら、どうしても食堂へ入ることが出来ないものとすれば、いっそあの、いつもショウ・ウィンドウを眺めた店でソーセージでも買って、山手の外人住宅地の丘にのぼり、丸齧《まるかじ》りにそいつを頬ばりながら港の景色でも見物しよう、——その方がどうやら私には似つかわしいようだ。と、考えなおして、ただせめてこの際は宿望をはたすと云う意味から、その辺の肉屋へは行かず、わざわざ例の食料品店まで出掛けた。ところが、これが一層悪い結果をもたらした。あの、磨き上げたショウ・ウィンドウのガラスに、どうしたかげんかハッキリと私の顔がうつってしまったのである。これは、いきなり零点の答案をつきつけられるよりも、ひどかった。顔面の青黄色い皮膚はへちまのようにのび、眉も目もたれ下って口が半分あきかけている。……ふだんこのショウ・ウィンドウを見つめるとき私は、下卑てはいるだろうが、それだけに一種不敵な面魂《つらだましい》をみせている心算《つもり》だったのに、これではまるで腑《ふ》抜《ぬ》けそのものではないか。

……ソーセージもやめた。私はもはや周囲の何物にも興味をうしなった。ただ歩くことだけはやめなかった。何かに、じりじりしながら歩いていた。すると、角にある

一軒の店の、
大ふく。あま酒。大盛ぜんざい。

とかいた大きな看板が私をあるヤケクソな気分に誘いこんだ。子供のときから私はアンコやモチのたぐいを軽蔑《けいべつ》しきってきたのだが、いまはあの、白くて、やわらかくて、無智蒙昧《もうまい》な、甘さのほかには何の芸もない大ふく餅《もち》こそ自分にもっともふさわしいものだ、という気がして、白いキャラコののれんを割って入ろうとした。そのとたんだった、役所の少女の顔が私の眼前に途方もない大きさで現れた。

——しまった。

私は、はね飛ばされるように店を出た。……彼女の恐ろしい瞳《ひとみ》が、私を一ぺんに役所へつれもどしたのである。

怖さで私は一切を忘れてしまった。……考えてみれば、まだ勤務時間であるはずなのにこんな所をウロつく彼女の方こそ恐ろしがるべきで、私の方には何等ビクビクする理由はない。にもかかわらず現実に、私は恐ろしがっており、彼女の方は平気である。

……私は歩きすぎて困憊《こんぱい》していた。気力がうせて、さびしい気ばかりした。街に立って私は、死人の毛髪をおもわせる髪結屋の看板のカツラだとか、風の吹きようでチラリとそれを着ていた男の軀《からだ》つきを連想させる古着屋の軒先に吊《つ》るされたクタビレた外套《がいとう》だとか、そんなものばかりが眼にうつった。……どこにも行き場がない。やっぱり、あきらめて帰るべきだろうか。

「そうだ……」

そのとき突然、私は一人の婆《ばあ》さんを頭にうかべた。……あそこへ行ったら、すくわれるかもしれない。——

前の月に横浜の役所へ出頭したかえり、その日も私は疲れきった身体をひきずって駅の近くまできたとき、ナミダ橋のたもとの、掘割にそった茶色いビルディングの前に、靴みがきが四五人並んでいた。私は、はッとした。なかの一人が私を呼んでいたのだ。……婆さんの磨き屋が、さッと手をあげて私を招いている。私はあたりをふりかえってみた。誰でもない。彼女に向きあっているのは私だ。……招くと云っても、手をちょっと振っただけだが、それでも何かがぴんとジカに私の心にふれてきた。日だまりの中でペタンとすわって手拭《てぬぐ》いで頭をつつんで彼女は笑っている。けれども私は立ちどまらなかった。このうえ年よりに靴をみがいてもらっては幸福すぎる、と思ったのだ。

……こんなときに、あの婆さんのことを思い出すとは、何と好いことだろう。私の靴は半年もみがいていないのだが、初めて行き所をあたえられた感じで、私はいきおいよく歩き出した。

婆さんは居眠りするように、うつむいていた。私がそばによっても、まだ気がつかなかった。わざと、だまって片足をさし出すと、やっと彼女は顔をあげた。私はちょっと不思議な気がした。思ったより若いのだ。さっそくブラシをとりあげようとする婆さんに私は、「さきにガソリンで拭《ふ》いてくれないか」と云った。

すると彼女は顔をあげて不安そうにきいた。

「……油じゃいけませんか、進駐軍の」

私は、また変な気がした。私はただ、すこし時間をかけてやって貰《もら》いたかっただけなので「いいよ」とこたえ、鉄の一本脚の丸椅子にすわって足を台にのせた。やせた柳が一本、掘割の風にふかれて葉のない枝をふっている。……やっと私は落ちつき場所を得た思いに、腰かけた尻からスウッと疲れがぬけて行く。

ところが、婆さんが仕事にとりかかるやいなや予想外のことが起った。そんな方法で靴を磨くのははじめてだが、細い一本のヒモを両手でぴんとはって靴の垢《あか》をこくのである。しかも、それが物凄《ものすご》い力だ。あわてて足をフンばろうとしたが、その拍子にギプスで胴を固めた身体は自由がきかず、あやうく私は椅子もろともに、どうと倒れそうになった。

「しっかりしてください」と婆さんは云った。私は椅子から立ち上って膝頭《ひざがしら》を両手で力いっぱいおさえたが、それでもなお婆さんがヒモを引ッぱってやりはじめると、足は木の台の上でふらふら動き出す。……私はもう、やめてしまいたかった。分厚い塵《ちり》につつまれていた靴の皮は、ヒモでこすったところだけ赤いダンダラの縞《しま》をつけていたが、どうせ私の靴なんかそれでいいのだ。

しかし、婆さんはいっかな私をはなさなかった。モンペの股《また》で木の台をはさみ、頸《くび》と肩とを私の脛《すね》におし当てて、跳ねようとする靴を舐《な》めそうにしながら磨いている。すると彼女の日焼けした首すじの奥に赤い肌着がのぞいた。……先刻は余計なことまで註文《ちゆうもん》して、たっぷりとたのしもうとしたが、もう私はタンノウしつくした。それでも、婆さんは取りかえ引きかえ幾種類もの布やブラシをつぎつぎと繰り出して、サッと拭ってみたり、軽く愛撫《あいぶ》するようにおさえたり、もう果てのないありさまだ。……掘割の暗い水面から吹いてくる風はうそ寒いのだが、婆さんのひたいは汗で光っている。靴はもう自分がはいているものとは信じられない程のかがやき方だ。すると私は何故《なぜ》とはなしに気が重くなった。

やっと磨きおわったときは私はもう疲れてボンヤリしてしまい、おわったとも気が附かないぐらいだった。賃金をきくと、二十円ですと答えた。それはガッカリするほど安かった。もうすこし多く置きたかったが、どうやって切り出していいか解らず、云われたままを払うより仕方がなかった。

駅で帰りの切符をかうとき、いつも私はちょっとした決断を要する。そして暗い窓口からK海岸行きの切符をわたされると、あるアキラメ——犬が主人の許《もと》をはなれて、いやな自分の寝ぐらへもどるときの気持——を感ずる。

駅の構内に人かげはまばらだった。……私はなにか憂鬱《ゆううつ》だった。それはふだんに感ずるものとも、またちがっていた。日のかげり出した冷さの中でプラットフォームの階段を上りながら、さっきの生ま温さがまだ私の腿《もも》にのこっていた。……汽車がくるまでには、だいぶ間があった。

ながいプラットフォームを私は、はじからはじまで一人で歩いた。……きょう一日中の愉しみを塗りこめて光っている靴をはいた足で。

悪い仲間

シナ大陸での事変が日常生活の退屈な一と齣《こま》になろうとしているころ、ようやく僕らの顔からは中学生じみたニキビがひっこみはじめていた。大学部の予科に進んで最初の夏休みのことだ。北海道の実家へ遊びに行く同級生倉田真悟の、いっしょに行かないかと云う誘いをことわって、僕はどこへ旅行するわけでもなく、ひまつぶし半分に神田のフランス語の講習会へかよっていた。

その日、教室へはいると僕がいつも坐る最前列の椅子《いす》が誰かの荷物でふさがっていた。別段それは僕専用の机ではなかったが、僕は荷物を横へうつして椅子に坐った。それからタバコをすうために廊下へ出た。教師がやってきたので教室へもどったが、見ると僕の席には、青いシャツをきた小さな男が坐っている。頸《くび》がほそくてだぶついたシャツのカラーがエプロンのようにみえる、一見弱々しい感じなのだが、そんな外観のために彼の中身は一層ずうずうしいものに思われた。僕は近よって机の上のテキストをわざと引ッたくるように取ってみたが一向に何の効果もなく、しらじらしく正面を向いた横顔の、鼻の不様に大きいことが僕をイラ立たせるばかりだった。仕方なく僕は腹を立てながら、すぐそばに席が空いていたにもかかわらず一番遠い椅子へ行って腰をおろした。やがて教師が出席をとりはじめる。名を呼ばれた生徒は、「プレザン」とこたえるのである。

金髪の、瘦《や》せたマドモアゼル・ルフォルッカー先生が眼鏡ごしに生徒たちをみながら、「ムッシュウ・フジイ」と呼んだ。すると例の青シャツの男がいきなり立ち上って、

「ジウ、ヴウ、ルッポン！」

と、かん高い、間のびのしたアクセントで叫ぶように云ったかと思うと、婦人のようなシナをつくりながら坐った。……この変な返辞のためにいつもの教場にある調和がうしなわれた。小男は両耳のウラを真赤にして、トマリ木でおびえる小鳥のように背をまるめて顔をふせている。

(まぬけ野郎！)と僕は心でつぶやいた。

藤井高麗彦は後日、そのときのことをマドモアゼル・ルフォルッカーにモーションをかけるつもりだったのだと語った。僕はおどろいた。ルフォルッカー嬢という人は

三十五六歳の、醜い、意地悪な女だった。

偶然、ある日の帰りの電車で、僕は藤井と一緒になった。あきれたことに彼は、僕を認めるとニコニコしながら近づいて僕のとなりに腰をかけた。すると異様な臭《にお》いが僕の鼻を撲《う》った。いやに人なつっこい調子で彼は話しかけてきたが、それがまた大層な身ぶりで、調子づくと両手を羽撃《はばた》くようにふりまわし、そのたびに手首からのぞくシャツの袖口《そでぐち》は見たこともないほど黒くて、臭気がまた一そう強く漂った。僕はいつになったら彼がはなれてくれるのかと思いながら、

「君の家はどこですか」ときいた。

「下北沢ですよ」

運悪くも、それは僕のおりる駅の一つ手前だった。彼は自分の郷里が朝鮮の新義州であること、いまは休暇で帰省中の医科大学生の兄貴のアパートに一人で住んでいること、東京へ出てきたのはこんどが初めてで、現在京都の高等学校へ行っていること、などをいくらでもながながと話し、ちょっとでも僕があい槌《づち》を打つと、膝《ひざ》をのり出して腿《もも》をすりつけるようにするので、そのたびにあの腐った玉ネギの臭いがプンと鼻についた。……僕はすでに先日教場で椅子を占領されたときの敵意は忘れて、いまはた

だ臭気のためにこの男を避けたかった。……ちょうど次で下北沢というとき彼は話題をかえて、「クルト・ワイルって、どういう人ですか?」ときいた。僕はちょっと、くすぐったい思いがした。当時この種の質問ほど僕を得意がらせるものはなかった。即座に僕はこの「三文オペラ」の作曲者について説明した。はじめて聞き手の方にまわった彼の身ぶりは、またしても大袈裟《おおげさ》なものだった。首をふってひと言ひと言に大きくウナずきながら、まるで僕の口に耳を圧《お》しつけそうにするのだ。もっとも今度は僕も、閉口はしながら避けたい一方の気持ではなかった。それにこのところ入手困難になっている「プール・ヴウ」や、中学生のときから蒐集《しゆうしゆう》しているプログラム、ブロマイドのたぐいも自慢したくて、駅に下りようとする彼に、家へ遊びにこないかと誘った。すると彼は意外な返答をした。

「……恥しいよ、君の家へ行くのは」と眼ブタと頬を赤くして、気の弱い笑い方をするのである。そして、

「それよりか僕のところへこないか。あれだ」と、窓から見えるアパートを指さして云った。僕は、そんな彼の態度にいささか面くらいながら、あとで遊びに行くと約束した。

彼との約束を僕はそれ程重要なものだとは思っていなかった。……家にかえると田

園調布に住んでいる従妹《いとこ》がきていた。最近婚約者のできた彼女は以前とちがって、めったにやってこないのだった。そして、そうなってからの彼女がようやく僕に女らしく見えはじめていた。僕は彼女のために婚約者のO君の東北なまりを口真似してきかせたり、その他彼のご飯の食べ方や挨拶《あいさつ》のし方など、いろいろのことを彼女のいやがるように描写してやった。彼女が困った顔をすればする程、それが何のためだか解《わか》らないままに、たまらなく僕には愉快であった。……

翌日、教室へ出るといきなり藤井が僕のそばへ駈けよってきた。彼は、「どうして昨日、来なかったんだ？」と訊《き》いた。僕はだまっていた。すると、「――リンゴとバナナを買って待っていたんだぜ」と僕の顔を、じっと見上げるのである。……それは何だか滑稽《こっけい》だった。だが僕は、笑おうとして笑えなくなった。彼の眼付にはこれまで僕の知らなかったもの、気の付かなかった何か、があった。「…………」ナマ返辞しながら僕は、このときになってはじめて、女の子のために友達との約束を果さなかったのだと思った。それで僕は、

「おふくろが病気で行けなかったんだ」と云った。

嘘《うそ》をついたやましさからか、その日僕は学校のかえりに直接、彼のアパートへ行った。不思議なことにその日から、あんなに物凄《ものすご》かった彼の臭気は一向感じられなくな

った。

一度つきあうと高麗彦との間がらは急に親しくなりはじめた。父が留守でいない僕の家庭は彼に、それほど窮屈な思いをさせないらしかった。また僕には、一部屋の中に、インキ壺や学生帽や書籍といっしょにフライパンやコーヒー沸しを並べて、一人でくらしている藤井の生活に興味があった。……朝はやくアパートへ行くと、高麗彦はベッドの上で、くしゃくしゃになったシーツの間から裸の腕を出してタバコをせがむ。タバコとマッチを手わたしてやると、腫《は》れ上った眼ぶたの目を細くあけて僕をみて笑う。……そんなとき知らずに僕は、映画や小説のラヴ・シーンを模倣していた。小柄な彼は、鼻が大きすぎることを除けば、眼のパッチリした美貌といえる顔立ちであった。……と云って僕は彼を弱者とみなしたわけではない。彼には、やはり僕にない一種のふてぶてしさがあり、アパートの管理人や隣近所の人と口をきいているときなどに、それを感じさせた。また彼は、汚らしい一膳めし屋で蠅の何疋《びき》もたかった魚を平気で、むしろウマそうに食べることが出来たのである。……もっとも、そんなことに、まだ僕はそれほど感心させられているわけではなかった。

ついに僕は驚かなければならなくなった。あるとき街を歩きながら二人は、どちらからともなく、腹がへったと云いだした。友情というものにつきまといがちな、ある架空な気分から僕らは食い逃げの相談をした。

「やっちまおうか……」

横丁をまがった、あるレストランの扉を押しながら高麗彦がそう云ったとき、僕は全然本気にしていなかった。本当をいうと僕には「食い逃げ」どころか家以外の場所で食事すること自体が、まだ一つの冒険に数えられるくらいなのだ。しかもこんな本式のレストランでは、ナプキンをヨダレ掛け式に結ぶべきか、膝にたらすべきかの問題で、はやくも僕の魂は宙に浮いてしまうのであった。……店の中はかなり立て混んでいた。ボーイたちは急ぎ足に、しかし歩調正しく、白い蝶《ちょう》の飛ぶように動きまわっていた。毛のふさふさと生えた大きなシュロの樹の植木鉢のかげになったテーブルをえらんで、われわれは二皿ばかり註文《ちゅうもん》して食べた。食べおわったとき藤井は笑いながら、「いいか？」と云った。ぼんやりしたまま僕はただ「ああ」と答えた。すると彼はシュロの毛を一本引っぱってマッチの火を点《とも》した。……

突然、眼の前が明るくなった。アッという間にシュロの幹が火の柱になった。ものすごい混乱だった。まわり中の客が総立ちになると、あたりは忽《たちま》ち火事場さながらの光景になった。……茫然《ぼうぜん》としていた僕は椅子を蹴飛《けと》ばされると同時に、耳もとに、藤井の何か云う言葉が、コップの破れる音といっしょに聞えて、気をとりなおすと、出口に向って突進する高麗彦のあとを一目散に追いかけた。

こんな大仰なことになろうとは意外すぎて、まるで空想のなかの出来事としか思えないほどだった。だが、僕を一層おどろかせたのは、混み合った裏通りの小路を逃げながら二人がおたがいの姿を見失ってはなればなれになってからだった。……一人になると恐怖心が急にハッキリ頭をもたげて、それに興奮していることと、走ったことで胸はおそろしく高鳴った。高麗彦を探そうと思いながら、すぐまた逃げたい心持になり、僕は何をしてよいのかわからず、せかせかと当てどもなく歩きまわった。コンクリートの舗道がまぶしく光り、背中にも胸にも汗が流れているのに、軀《からだ》は寒かった。不安と後悔とに追いつめられて、ほとんど罪悪感の虜《とりこ》になりかけたとき、ようやく僕は、例の青いだぶだぶのシャツを着た高麗彦が日を浴びながら大通りを歩いてくるのをみつけた。……その瞬間、僕の心は一転してヒロイックな悲愴《ひそう》感に満ちた。

「おお」と僕は思わず彼に抱きつきたい程の気持だった。

「おお」と彼も声を上げた。

感激して僕は、いきおいこんで逃げた径路の顚末《てんまつ》を話しかけたが、そのときふと彼の片手に奇妙な大きい紙包みがぶら下っているのが目について、「何だ」と訊いた。するると彼はつまらなそうに、ぼそぼそと「ミソと、ニボシと、……」とこたえはじめた。僕はあきれた。あんなに恐ろしいことをやった直後に、彼は乾物屋で晩御飯のおかずを買い集めていたと云うのだ。……僕は劇的な気分をすっかり台なしにさせられた。僕にとっては、もっぱら冒険のタネであったものが、彼にとっては多分に実用的な価値もあるものであった。

この事件のおかげで、それまで意地悪いエチケットの監視人だとばかり思いこんでいた食堂の給仕人たちが、サアヴィスを強いられるあまりに恨みッぽくなった人々として僕の眼に映るようになった。

夏休みも終りちかくなったある日、藤井のアパートへ行くと、針金やペンチや釘《くぎ》をその辺に散らばせて、彼は窓に向って熱心に作業していた。……ヒゲ剃《そ》り用の手鏡をあっち、こっちと動かしながら、彼はペリスコープの作用によって斜め向いの家の浴室の内部を観察するのだと云った。そのあまりにも素晴しい思い付きに、僕は大声を発した。彼は僕をたしなめた。そして、

「君のところには、もうすこし大きな鏡がなかったかな」と云った。

「あるとも」僕は勇み立って部屋をとび出した。ところがせっかく、その大きな鏡をもってもどってみると、部屋には針金もペンチもなく、すっかり片付いて、藤井自身も何かとりすました様子だ。……僕はしかたなく一人で反射装置をこしらえはじめた。

「やったってムダだぜ。どうせもう暗くて何も見えやしないよ」

そう云う藤井の声の調子に冷淡なところがあって、僕はききとがめた。(まアいい、それなら自分一人でやってみせる)。僕はそう思いながら仕事を黙ってつづけた。しかし、だんだん日が沈みはじめるにつれて鏡の中の光は一層弱まり、電燈のついた風呂場もうす暗くて、ようやく中に人がいることが分る程度にすぎなかった。それでも僕は鏡をやめるわけに行かず、つづけていると、藤井は寝ころびながら、からかうように云った。

「そんなに見たいのか」

「お前の方こそ、どうなんだ」と僕は云いかえした。

「オレか……」と藤井は云いかけて、だまってニヤニヤ笑った。僕は追求した。彼は、

「……二三日まえまで、真向いの家の風呂場がまる見えだったんだけどなア。もう窓を閉めちゃったからダメさ」

僕は本当に腹が立った。

「なぜ云わなかったんだ、早く」

すると藤井は寝ころんだまま、僕の方へ向けて投げ出していた足を組み合せながら、ふッと、あの気の弱そうな笑いをうかべて、「云えないよ、君みたいな人には」

ある直観で、そのとき僕は、彼が女を知っているんだ、と悟った。……そのとたんから僕のもっていた高麗彦のイメージが、まるきり変ってしまった。——彼のなかにある隠されたもの、眼にみえないほど広大な秘密の領分が、僕の前に立ちはだかった。僕は知らずによその家へ迷いこんだような気恥しさで、それっきり黙りこんだ。

……僕が絶えず女のことを考えていたのは本当だ。漠然と未来を考える、つまり自分のなりたいと思う役割に僕自身をあてはめてみる、そんなとき、空想中の人物「僕」の傍には必ず女がいたし、またセクシュアルな女の妄想《もうそう》をいろいろ頭に描くこともあった。そのくせ、女そのものを現実に考えたことは一度もなかった。つまり僕にとっては、女なんて遠すぎて妄想の対象にしかならないものだった。何人かの従姉妹《いとこ》たちは女のなかには入らない種類の何かであったし、いわば僕にはあらゆる女が、バスや電車で行きあい擦れちがう間柄にひとしい、見えながら隔てられているものだったのだ。……いまや僕は、そばに寝ころんでいる藤井と自分との間にハッキリした相違を感じた。彼は未知の国からやってきた人だった。

家へ帰ってその夜、ひと晩中、僕はそのことばかりを考えた。この夏休みの短い期間に接した高麗彦に僕は、これまで経験したことのない強い魅力を覚えていた。しかし、そのことを悟ったのはその夜だった。彼のよく行く一膳メシ屋へ僕が入れないのは、栄養や衛生のことを気にするからではなく、その店の陰惨なジメジメしたものが端的に僕を怖《おそ》れさせるからなのだが、同様に売笑婦も病気や道徳の問題よりも、もっと越えにくい或るもののために僕は行くことを考えることさえ避けてきた。ところがいまや、そんな避けたがっていたものこそ愛さなくてはならないものだ、という風に思われるのだ。……恋すると女が神秘的に見えはじめるように、僕は高麗彦を不思議な力をもった男だと思いだした。彼の生活のディテールが一つ一つこれまでとも異って輝しいものに見えた。子供が蓄音機の中に小人の楽隊を想像するのと同じ考え方で、僕は彼の中に女を見た。……

あくる日から僕は何かにつけてカマをかけて、女のことをきき出そうとしたが、藤井はそのたびにハグラかすので、ますます迷いこむ一方だった。と云って、いまとなっては彼を強制する力はなかった。いよいよ彼が京都へ帰るという前日、夜の道を歩きながら僕はやっときかせてもらった。これが僕の意識して彼に媚《こ》びた最初だった。

「案外つまらないものだぜ。失望するにきまっているから、よした方がいいよ」と高麗彦は訓戒をあたえた。そのくせ彼は東京へ出てからも、もう数回僕の知らない間に遊びにでかけていた。

秋になった。

新学期がはじまって、北海道の実家からかえってきた倉田真悟は僕をみておどろいた。話の内容も言葉も、その他いろいろのシグサや身ぶりも、いちいち彼には勝手がちがうらしかった。一方僕もまた、この仲のいい同級生を、ただ一匹の馬であるかのように感じた。……僕はもう、倉田とレコードの音楽をきいてウナずきあったり、彼のテニスの自慢ばなしをきかされたりするのが、ばかばかしくて退屈だった。長い頸《くび》をふりながら熱心に話しかける彼の言葉を、ほとんど僕はウワの空できき流した。

「…………」ふと、トンチンカンな僕の返辞に、倉田は日焼けした細長い顔を僕の方へぴたりと向けた。急に話が途切れて彼は口をモグモグさせた。僕もだまっていた。すると彼の半袖《はんそで》シャツの袖口から、ぷウんと飼葉の枯れ草みたいな甘いにおいが臭《にお》ってきた。……僕は思った、これが童貞のにおいであるかもしれない、そして藤井に最初に傍へよってこられたときの臭いが、あれが非童貞の臭いかもしれない、と。……

それなら僕はいま、どっちの臭いがするだろう。僕は藤井と別れた翌日、河向うの私娼窟《しようくつ》を描いた有名な小説の著者の地誌をたよりに、一人でそこへ行ってきた。

僕が高麗彦からうけた驚きを、こんどは倉田が受けとる番であった。……僕は半ば無意識で、半ば意識して、夏藤井がやったコースをたどってみた。食い逃げ、盗み、のぞき見、……。ただ僕のやることは、どこか仕返しじみたところ、倉田の心を無理矢理動揺させなければ気のすまないところがあった。たとえば食い逃げするにしても、僕は彼に相談ぬきでダマシ打ちで、いきなり駈《か》け出させるやり方だった。僕が完全な成功を収めたことがあるとすれば、銀座の表通りのある食堂からスプーンを盗み出したのが唯一《ゆいいつ》の例だ。この時は倉田の方から進んで感心した。

……その店のティー・スプーンは直線と球型とを組合せた独特のデザインで僕は気に入った。それで帰りがけにポケットの中へ入れた。ところが出ようとするとボーイが後から追いかけてきた。

「もしもし、スプーンをお持ちのようですが……」

僕は、ゆっくり振り向いた。そして、

「いけませんか、これ、もらっては」と匙《さじ》をとり出して見せた。……ボーイは狼狽《ろうばい》した。彼は顔を赤らめて手をふりながら、「いいえ、どうぞ」と云って、さながら客に忘れ物でもとどけたようにニコニコしながら引きあげた。……気が付くと、肩をならべていたはずの倉田が、いつの間に飛びのいたのか、七メートル程も離れたところから眼を丸くして僕を見ていた。店を出ると、彼は告白でもする人のようなタメ息をついて、「すげえなア、君は」と僕の沈着ぶりをほめた。僕ははじめて倉田を計略なしで驚かすことが出来たのである。倉田がどんなに感服したかは、次の日早速学校の近所の食堂で同じことを彼がやったことによって知られる。そのとき彼は力演がすぎて、女の給仕から庖丁《ほうちょう》位大きいカツレツ用のナイフまでもあたえられた。この無闇《むやみ》に大きな好意のしるしはポケットにも入らず、道ばたに棄てることもできなかった。

どっちにしても倉田もまた、こうした冒険にわけの分らない魅力を感じだしたにちがいなかった。ところで何といっても最も重大なのは僕が河向うの町へ行ったことであるはずだ。しかしこのこととなると、吹聴《ふいちょう》してしまいたい気持と、彼をしばらく謎《なぞ》の網のなかでマゴつかせたい気持とがこんぐらがッていて、倉田の顔をみるたびに僕の方こそ、どうにも解けないジレンマに陥入ってしまう。……河向うから帰ってきて僕は、高麗彦の云ったとおり失望したのかもしれない。けれども高麗彦の云う「失望」なら、むしろ僕は失望しに出掛けたのだ。僕が何かしら、ある拍子ぬけがするのは、そんなことじゃない。それどころか、あのことなら豊富すぎて、行ってから二三日は女のひとを見るたびに、ある滑稽《こっけい》さに襲われて困ったくらいだ。……だが僕のねがっていたのは、そんなことではない。僕が欲しかったのは一個の徽章《きしょう》だ。他人には見えないが自分にはそれと分る徽章をもらえるものだと思っていた。ところがそれは、もらえたにしても背中か耳の裏にでもぶら下っているものにちがいない。僕は藤井のやったコースをたどりながら、どうもタヨリないのである。

「そんなに見たいかネ」——浅草のレビュウ館のかぶりつきに坐って、僕はとなりの倉田にそう云ってやるつもりだった。だが、いざ云おうとすると見たがっているのは、どうやら僕自身であるらしく思えてくるのだ。……こんな場合、藤井なら一体どうするだろう？　僕はあの時の彼と同じような声を出そうと思いながら、彼の眼差しや、あらゆるシグサを頭の中で復習してみる。けれども、どうやってみてもあんな声は出そうもない。……その結果、僕はたまらなくイライラして、云ってしまうことになる。

「つまらねえなア、出ようよ」

入るときは、あんなに熱心に誘ったくせに、見はじめるといくらもたたないうちに何故《なぜ》こんなことを云うのか、わけのわからない倉田は腹を立てながら、それでも「もっと見ていたい」とも云いかねて、しかたなく僕のあとをついて出てくる。……そして、そんなマゴつかされてふくれッ面《つら》をしている倉田を、何くれと慰めてやることによって、ようやく僕の方はホガラカになる。

要するに僕は倉田と遊びながら藤井のことばかり考えていた。馬のように見えていた倉田が、だんだん普通にみえはじめるにつれて、僕の方はそれだけ自分が高麗彦にちかくなってきているのだと思った。それで僕は倉田を馬並みに扱わないように注意するのであった。……しかしまた僕はときおり、倉田がいつの間にか京都にいるはずの高麗彦と知り合いになっているのじゃないかと云う、夢のような危惧《きぐ》になやまされた。もし、そんなことになったら、せっかく倉田にあたえた僕のイリュージョンはどうなることだろう？

夢は実現した。ある朝、女中に起されて玄関へ降りて行ってみると、そこに倉田と藤井とが一しょに立っていた。彼等は偶然同じ電車にのり合せたのだった。藤井は荷物もなにも持たず、シャツの上にレーンコートを引ッ掛けただけの恰好《かっこう》で、「京都にいるのがつくづくウンザリしたので、ちょっと出てきたところだよ」と云った。

この不意打ちはしかし、まえに漠然と考えていたような不愉快なものではなく、思いがけない楽しさとしてやってきた。ウキウキした空気がながれ、僕ら三人は昔からの友達のような気になった。本当に不思議なことだが、ふだんは内気で初対面の人にはろくに口もきかない倉田が、もう以前から藤井を知っているように振舞った。彼はすでに僕の中にあるもう一人の藤井と親しい友になっていたわけだ。

三人の会話は、おそろしく勢いよくハズんだ。本物の藤井が現れたために、倉田の眼からみて、やっぱり僕は影のウスイ存在になってしまった。すると僕は藤井にもとり入ろうとする一方、倉田に対しては出来るだけ僕の中にある高麗彦のイメージを保存させるよう努力しなければならなくなった。そして二人から競争して媚びられると、藤井は両方の友を失うまいとして普段の倍以上しゃべらなければならないのである。

……こうしてお互いに取り入りたい一心で三人の虚勢はみるみるうちに増大して行った。僕はついに倉田をオミットするために、河向うへ出掛けることを提案した。倉田の動揺を狙《ねら》った僕のモクロミは見事にはずれてしまった。顔色をかえて一応は考えこむだろうと思っていた彼が、忽《たちま》ち賛成したのである。……考えてみれば、こんな馬鹿なやり方はなかった。火事場で発揮するバカ力のような気力で倉田は、越え難いものを何の苦もなく越えられたのだ。僕は貴重な切り札をムザムザと棄てた。しかも行き先きは一層面白くなかった。つまり三人は向うへ着くと分れ分れに行動をとったのだが、僕は歩き出すやいなや不良少年係の刑事に捕獲されてしまった。せめて倉田の手前、古参者らしい風格を示そうと思っていたのに。

三時間ばかり後やっとポリス・ボックスから釈放されて、急ぎ足に道路をこえ隠れる様に暗い曲り角へかかろうとした時、

「よう」「よう」

と声をかけられた。倉田と藤井だった。仲間にめぐりあえたよろこびは束の間《つかま》にすぎなかった。彼等は道ばたのヤキトリ屋の天幕のかげから、僕が数人の巡査にとりかこまれてお辞儀している様や、殴られそうになって手をあげて哀願している様を、一時間以上にわたってすっかり観察したのであった。……彼等はそれを、さも心配そうな顔付きで語った。

ふたたび藤井は京都へ去った。けれども僕は二度と倉田を馬扱いすることは出来なくなった。……藤井が東京にいたのはたった二晩だったが、それは普通の二年かそれ以上に相当する時間だった。彼はまるで早廻り旅行の選手のように、あっちこっち好きな場所をさがして、どじょう屋、コーヒー店、劇場などを廻り、ほんの短い距離も自動車に乗ったかと思うと、気に入った通りは何時間でもグルグルと我々を引ッぱって歩きまわった。酔うために酒はいらなかった。銀座裏の通りを、高麗彦を間にはさんで三人は、自動ライターをパチリパチリ、ピストルのように点火しながら歩いた。

……三日間はお祭り騒ぎのうちにおわった。けれども高麗彦のイメージは消えるどころか大きくなる一方だった。倉田の眼からみて、僕はもはや藤井のヌケガラであるにすぎず、あのスプーンのことでさえもいまは藤井の冒険の単なる模倣だとみなされた。最初のうち、これはたまらないことだった。しかし時日がたつにつれて、僕たちはお互いに相手の中に高麗彦の影を認めあうことに、ある喜びを感じはじめた。高麗彦と歩いた路を歩き、高麗彦と行った喫茶店に入り、そして馬跳び遊びのように代り番に高麗彦になりあった。……全く些細《ささい》なことだが、藤井がコーヒーをのむときの茶碗《ちゃわん》の持ち方まで僕らは真似した。彼はコーヒーをのむのに決して茶碗の耳をつままず、掌全体でにぎりしめると、ゆっくり口もとに運び、やや分厚な唇におしあてて、ちょっと舌をのぞかせながら茶碗のへりを舐《な》めるように少しずつ流しこむのだった。それは如何《いか》にもガッチリと味という味を漏れなく吸収しつくそうとしているように見えた。また僕らは知らずにネコ背になっていた。背の低い藤井はいつも、そり身になって胸をはっているのだが、そんな姿勢を真似ようとしては僕らは逆に背をちぢめることにばかり気をとられるのであった。倉田も僕も、それぞれ食物には好き嫌いの多い方だったが、いまは藤井がウマイと云ったものは競争して食べるようになった。僕の母は、どうして秋になって急に息子がトマトを食べたがるようになったのか解《げ》しかねていた。

……何事につけても倉田と僕とは監視しあった。おたがいに高麗彦を直接に模倣することは許さなかった。たとえば藤井がサカナの模様を刺繡《ししゅう》した靴下をはいていたとすれば、その柄の靴下はもう禁制になった。そんなときにはトリか蝶の模様のものをつけるのが忠実であり、好ましくもあった。

東京と京都の間に手紙が頻繁《ひんぱん》に往来した。……この手紙こそ僕らのすべてだった。何をやらかすにしたところで、それを手紙に書くことの喜びにくらべれば、やること自体の面白さは物の数ではなかった。東京の二人が出す手紙はいつも藤井によって比較され優劣をつけられているわけだった。京都からの手紙は必ず二人連名の名宛《なあて》になっていて、僕の所と倉田の所と交替に送られてきた。その際二人は手紙を見せあいながら、ひそかに相手のところへ送られた手紙の厚さを量りあった。

こんな風にして高麗彦のイメージは日とともに僕らの心に理想化されてうつってきた。争いながら倉田と僕はいつも一緒だった。そして何かにつけて「コマがいさえすれば」と思った。たとえば満員のバスが途中で故障して動かなくなったときでも、二人は顔を見合せながら、「これが藤井といっしょのバスなら……」と思いあった。

京都で藤井は手紙に忙殺されていた。ほとんど一日おきに書かなければならなかった。相手が女であるならば手紙に関するかぎりこんな苦労はなかった。百万べん繰りかえした生活のディテールを書くだけでも、それで相手の感情にうったえることが出来るわけだ。しかし男となると、そうは行かない。……二人の友達から交る交る送ってくる手紙で、彼は気が付かないうちに、ひどく高い所へおし上げられていた。周囲を見まわしても何だかワケがわからなかった。雲を踏むような不安な酔の中で、自分を酔わせている者たちを何時《いつ》までも引きつけておきたい気持だけはハッキリしていた。……いつの間にか彼は自分で投げた暗示に自分からひっかかりだしていた。つまり彼もまた倉田や僕と同じように、彼の生活の美の根源が女を知っていることにあると考えはじめた。そこで藤井は一種の信仰から、せっせと遊廓《ゆうかく》通いをすることになった。僕らへ送る手紙のインスピレーションを湧《わ》かせるために。……

ある日、原宿の倉田の家へ行くと、彼は玄関の正面の飾り棚に並んだ彼の父のゴルフの優勝カップを片づけているところだった。
「どうしたんだ」と訊《き》いたが、ひどく昂奮《こうふん》しているらしく返辞もせずに、弟たちの玩具《おもちゃ》を入れてある押入へ片ッぱしから、ほうり込むと云ったやり方でしまっていた。……「何ごとだね」ともう一ど問いかけながら僕は倉田の不機嫌な顔をみると、思わず吹き出しそうになった。

……彼も悩んでいるのだ、と僕は思った。倉田と僕の家は大体似ていた。僕の親じは軍人で北支へ行っていたし、倉田の父親は軍需会社の重役で地方の工場を監督して廻っていた。それで二人とも割合に毎日の生活に気ままを許されている方だった。ところがこの頃になって僕は何かにつけて、家が窮屈な、厄介なものに思われてきていた。家の方は別段これまでと変ったところはなかったが、実は三人の仲間の規約が家にいる僕を束縛しはじめていた。たとえば、夜おそく帰るとき、遠慮や恐ろしさを、感じてはならないのであった。それは恥ずべきこととされた。また便所へ行って手を洗うことなども禁じられた。その他にこう言う新しいモラルは数えきれないほど多く僕らをとりまいた。すべての基準は「美」(イクォール藤井の生活)であったから、これは当然の結果だった。……家で僕はただモノグサになるより仕方がなかった。僕は好んで、服でも部屋でも汚《よご》せるだけ汚した。そうして、あたりを紙クズと塵《ちり》の洪水にして自分をとりまいている家の生活を沈没させようとしていた。……だが、倉田はもっと違った苦しみ方をしなければならなかったのだ。僕の場合ならせいぜい壁に貼《は》った女優の写真が塵《ちり》とクモの巣だらけになるのを眺めていればよかったが、彼の部屋ときてはスキーの道具やテニスのラケットや折れたグライダーの尾翼などで飾られており、その中には父親の留守のまに客間のマントルピースの上からこっそり運んできた銀製の海軍爆撃機の模型まであって、それらは従来彼の誇りであったのだ。ところがいまやこの品々が厄介な、ジャンバルジャンの入墨のように、毎日彼を悩ませるものになったのである。彼は一層ニガニガしい陰険な心持で、いまは友達の眼を避けるために、そっと爆撃機をもとの場所へもどしに行かなければならなかった。……この苦しみの、つもりつもった怒りが爆発して、ついに玄関のカップにまで手がのびるにいたったわけだ。

いったんこのように親の趣味に反対しはじめると、どこまで行ってもとめどがない。家の中はすみずみまで親のものなのだ。……僕もまた床の間に置いてある父の軍刀からはじまって掛け軸や花生けが気になり出し、そうなるとこれまで気にとめていなかったものが、いちいちカラカミの模様から柱のひび割れまで気に食わないものに見えてきた。ことに食事のことになると、どんなオカズでも不思議になる程まずかった。お膳の上のものが全部気に入らなくて、藤井といっしょに食べてウマかったものを別に作ってもらっても、いざ食べようとすると急にそれが異った味に変ってしまうみたいであった。

いずれにしても倉田も僕も、あんまり家には居つかなくなった。毎日の大部分を穴倉のような喫茶店でくらした。そして外での飲食のために不足がちになる小遣いを節約して、焼きイモにバタをのせた料理などを発明して食べた。

世の中もまた僕らに劣らず奇妙に気分的な動き方をしていた。国民全体が「新しい」時代のモラルにもとづく様々の架空な行事で悩まされていた。スターの実演をたのしもうとして映画館をとりまいて待っていた人々は、緊張がたりないと云うので消防隊の水を頭から浴びさせられた。街にはときどき、演習地の不足よりもデモンストレーションのために、通信隊の兵隊が駈《か》けまわっていた。彼等は胸に重い銅のコードを巻きつけて、死ぬほど苦しみながら通行人の邪魔をした。……学校はどこからか何かの指令をうけるらしく、そのたびに生徒はあわただしく運動場にあつめられて、学園長から訓示された。園長は蕎麦《そば》色の手袋をはめて銅像のように立ち、「猫を訓練して猫踊りを教えこむ方法は、仔猫《こねこ》のうちにヒリヒリと焼けた鉄板の上を歩かせる。すると猫は熱がって跳ね上る。これすなわち訓練である。諸君も、……」などと云い出すのだった。ある生徒たちは失笑をこらえるのに懸命だった。……僕らが仔猫とは、と。だがこの寓意《ぐうい》にとんだ話を理解することは、あきらかに困難すぎた。その鉄板がどんなものであるか園長自身をふくめて誰にも解《わか》らないことだった。……後年、話をきいていた生徒の多数は傷《きず》つき、あるいは斃《たお》れた。が火傷《やけど》したものの中には他ならぬ園長も入っていた。

何でもないことほど咎《とが》められる世の中はすでに始っていた。僕らは遊廓のなかをウロついたりしているときよりも、かえってしばしばクラスで最もおとなしい連中の出入するお菓子しか並んでいない喫茶店で、危い目に会った。のろまな生徒は、昼間タマツキ屋の前にいたと云う理由で警察へつれて行かれ、折檻《せっかん》されてベソをかきながら帰ってきた。……こんなことが何時、どうして起るのか、僕らにはサッパリ解らなかった。ただそれが、毎日が退屈でたまらないような時期、何かを置き忘れてどうしても憶《おも》い出せないようなジリジリした気分のときに、不意にやってくることだけはたしかだった。なぜなら心がそんな状態のとき（僕らはそれを沈滞と呼んでいたが）は、僕らの方でもきっと何かを為出《しで》かしたくなったのだから。

僕らは、たびたび沈滞した。冒険も一度やってしまえば二度目には刺戟《しげき》がすくなくなるのが当然だし、たびかさなる度数に応じてこの沈滞もくるわけだった。最初のうちは例の気まぐれな取り締りが僕らを救った。あのアベコベぶりは日を追って顕著になり、なまけ学生の狩り出しに憲兵まで参加するほどになった。これはまるで、坐ったまま動くパノラマによって旅行できる椅子《いす》と同じ効果があった。……けれども、こんな取り締りもくりかえされるうちには次第に僕らの心を弱くして行った。倉田も僕もほとんど教室へは出ず、そうかと言って何かやらかす気力もなく、ゴミゴミした町のうす暗い喫茶店の椅子に、二人して錆《さ》びついたような気持で顔を見合せながら一日送ってしまうことも多くなった。湿ッぽい臭《にお》いのする煉炭火鉢に老人のようにかがみこんでいる倉田を見ていると、反射的に高麗彦のことが思い出された。おそらく僕の姿もまた倉田の心に同じ思いを起させたであろう。……二人は半ば嘘《うそ》になるのを意識しながら、なおのこと新しい冒険についてのプログラムを威勢よく話しはじめる。だが、またふと、それはと切れる。……暗い窓の外を、脱走した同僚兵でも探しているのか剣付鉄砲の兵隊の姿が兇器《きょうき》の影画のように横切ったからである。

京都からの手紙は、だんだん狂暴な調子を帯びてきていた。東京の二人が競争して媚《こ》びるためにいきおい大袈裟《おおげさ》な表現に陥っているのだとは知らず、藤井の方は負けまいとして一層頑張るのだった。……極端に主観的で独断の多い思想、徹底した病的なイメージ、ほとんど判読しかねるほどの思考の飛躍、が奇矯な文体で書いてあった。

そしてとうとう冬のもっとも寒い頃のある日、

——来たときと同じ淋しさや、帰るときの京の春。

という変な俳句の手紙がきた。それには学校から退学を命ぜられてしまったこと、悪い病気におかされたこと、そして朝鮮の田舎へ帰ろうと思っていること、をしるしてあった。

手紙は倉田のところから廻されてきた。彼は伝令の馬のように、白い息を吐きながら世田谷の僕の家へやってきた。

手紙をみると僕は何も考えることが出来ないほど驚いた。全部読みとおすことが怖《おそ》ろしかった。倉田もたぶん僕と同じ状態であったにちがいない。二人はすぐ家を出た。夢中で、歩いたり、立ちどまったりしながら、ときどき大声で意味のない会話をこころみた。……僕は、どうしていいのか解らなかった。この半年間に自分のやってきたことが、みな夢のなかでの事件だったような気もした。が実際は、夢のつもりでやったことに全部、本物の人生が賭《か》かっていたのだ。……ところで僕ら二人はむしろハシャいでいた。……

（恐ろしすぎるので陽気になるのだろうか？）僕はそう思った。実は、自分では気付こうとしないもう一つの僕が、友達の不幸をよろこんでいるのだった。……ただ僕も、どうやら自分の心を醜いらしいとは思っていた。だから、そんな自分の「本心」の逆を云うつもりで皮肉にも正直に叫んでいた。

「きょうこそお目出度い日だ。御馳走を食おうよ」

すると倉田も、すくわれたように云った。

「そうだ。藤井の大冒険の出発だよ」

われわれは出来るだけ立派な店をえらんだ。格式ばった店で、ナイフとフォークの礼儀にしばられて、皿から肉が飛び出さないように切ったり、滑りやすいスパゲッチを用心しながらフォークに巻きつけたりすれば、食事そのものに気をうばわれて他のことを考えないでもすむと思った。しかし入ってみると、こんなワザと苦しみながら食べることは、心の患《わずら》いをなおすためには何の役にも立たなかった。

「とにかく祝電を打とうよ」だまっている苦しさから僕は調子のいい話をつづけた。

「賛成だ」倉田はこたえた。

しかしレストランを出ると僕らは、いつも行くうす暗い喫茶店へ行って、そのまま何をするともなく看板のおりるまで居すわった。別れるまで祝電のことについては二人とも何も云わなかった。

その晩、僕を悩ましたのは、もはや藤井のことではなく、つかみ難い倉田の心だった。……これ以上これまでの生活を続けて行けば、遠からず藤井と同じ運命をたどることは明らかなことだ。そんな運命をしょいこむのはイヤだった。と云って、それを「なぜイヤだ?」ときかれた場合の答が僕にはないのだ。ただ漠然とした不安の未来が、怖ろしさとしてやってくるだけのはなしだ。……こんな際、裏切るにしても、裏切らないにしても、せめて相談だけでももちかけたかった。勿論《もちろん》そんな心のウラには裏切りたい気持だけが働いてはいるにしても——。

性格として倉田は僕よりも内気だった。争う場合になると僕はいつもそれを利用した。だが、こんどのようなことになると彼の内気が僕にとっての負担だった。……僕が掘ったものにしろ倉田が掘ったものにしろ、まわりをとりまいている優越心の堀があって、それを飛びこえないかぎり、僕は逃げ出せないのであった。

で、僕は倉田を出来るだけ脅かすよりしかたがなかった。翌日から僕は、口に藤井の性格や生活態度を讃美しながら、ところどころで高麗彦が今後たどるであろう人生の悲惨を暗示して、倉田にきかせた。……その上で、彼が逃げ出すと云ったら僕もその跡を追うつもりだった。

僕の考えはうまく行った。僕のオドシ文句に威力があったというよりは倉田の心に、それを待つところがあった。……学年試験が近づいてくるあわただしい気分の中で、教室ではノートを借りる交渉が方々で行われはじめていた。

……「二年へ進級するときが一番落第するやつが多いんだそうだ」「最初の年でつまずくと、くせになって永久にあがれないというからね」……ふだんはバカにしていた連中のそんな言葉にも、こんな気持のときにきくと、やっぱり僕らの心を動かすだけの力はあった。「F先生のお墓にでもお辞儀に行こうか」僕は冗談らしくそう云った。学校の創始者であるF氏の命日には生徒全員墓参することになっていて、その日行かなかった者は落第するという伝説があったが、二人ともその日も欠席だった。「うん、行こう」と倉田は調子よくこたえた。……晴れた日で、墓地の散歩は気分がよかった。僕は一層効果を上げるために遠足気分をかきたててやった。いつの間にか僕は、医者になって患者の治療をほどこしつつあるような気にさえなった。イニシァティヴをとる快感から、次の日も倉田に会うのをたのしみに、めずらしく第一時間目の授業に間にあうように登校した。

倉田はいなかった。二時間目になっても姿を現わさなかった。その頃から僕の疑心はつのりはじめた。なぜか突然、倉田が藤井といっしょにいるような気がしはじめた。鉄の脚をつけた教室の椅子の上で退屈な講義をききながら僕は、授業のはじまる前に抜け出さなかったことを後悔した。けれども講義がおわると次の時間にはきっと倉田が現われそうな気がして、またそのまま教室にいのこってしまう。午後の授業にもついに倉田はやってこなかった。……こんなに倉田を待ちどおしく思ったことはなかった。だが僕は倉田を待つために教室にいたのだろうか。もし倉田に会いたいのなら、いつもの喫茶店か彼の家へ行った方が早いはずだ。あんなにも僕が教室を固執したのは、ただ患者の倉田を欲したからであるのだろうか。

家に帰ると、藤井の置き手紙があった。

――朝鮮へかえる前に会っておきたくて来た。いま浅草橋のキチン宿にいる……。

やっぱりそうか、と僕は適中した予想に軽い満足をおぼえただけで別に驚きもしなかった。手紙には彼独特の手蹟《しゅせき》の地図がそえてあった。僕は浅墓《あさはか》な冷淡な眼でそれをみた。

(……かわいそうに。だけどウッカリ同情なんかしてみろ、おれまで奴の道づれだ)

僕は倉田のことも、もう気にはならなかった。……きょう一日、待ちぼうけを食わされたことで僕は自分の方で友達に裏切られているという気になっていた。それだけのことで友情への義理立てをすませてしまった僕は、ツキモノでもおちたようなサバサバした気持になった。

……おそらく、こうした僕の心境の変化、善良な青年になろうとする傾向は、単に易《やす》きにつくことと変りなかった。その証拠に翌朝になると、もう僕はぐらつきはじめた。つまり怠けたい欲求が本来の形で出てきた。ラッシュアワーの電車で乗り換えの駅までくると、僕は学校行きの電車を一台見送ってベンチに腰を下ろした。そしてタバコをすっていると、教室の鉄の椅子とコンクリートの床の冷い感触がおそろしくハッキリ浮んで、もう一台電車を見送ってしまった。……僕の教場出席率はきわめて悪かった。きょう一日休むことで落第に決定してしまうものかもしれなかった。ゆるがせにすることのできない貴重な時間だ。だが、まさにその貴重だという理由で、その時間に安逸を貪《むさ》ぼることが、かけがえのない快楽になってしまった。……この一台が課業に間に合う最後だという満員電車を見送ると、僕はベンチを立って、「いいだろう、きょう一日ぐらい」とつぶやいた。

裏切りつつある自分の心は僕には解らない。大抵の嘘つきがその嘘を、ついているその間は信じているように、僕もまた自分のやっていることがどう云うことなのか解らなかった。いや解ろうとしなかった。……学校行きを放棄した僕はいつもの喫茶店に行った。朝はやく、まだ誰もいないガランとした店は腐った流し場のにおいを漂わせていた。あたりは寝不足の頭のようにぼんやりしており、そんな空気にもぐりこむように僕は一番奥の椅子で、汚れたカーテンや壁紙のシミに眼をさらしながら、ただ時をすごしていた。……いったい僕はなにをしていたのだろうか？　おそらくそれは僕の中にある犬のような精神が、主人に追われてもまだついてくる忠実さで、つい一週間前までの生活を守っていたのだろう。だが、理性の僕はそんなことには一向気がつかなかった。

ひる近くなって僕は飯のことを思い出し、食欲もないのにどうしようかと迷っていると突然、聞き憶《おぼ》えのある声が路地を奥へ、店の方へ近づいてきた。……藤井と倉田だ。僕ははじかれたように立ち上ると、気が付いたときには勝手口から別の路地へとび出していた。最初に感じたのは、いいようのない恐ろしさだった。自分の卑怯《ひきょう》さを反芻《はんすう》して起す不快と羞恥《しゅうち》とは、それにつづいて襲ってきた。……逃げようか、もどろうか、心の中で迷いながら僕の足は一歩一歩、彼等のいるところから遠ざかった。

何がそんなに怖いのか。風にあおられて外套《がいとう》のウラがひるがえったように、彼等の声をききつけると一瞬のうちに僕は、自分が秘密にしていた心を見た。……いまからなら、まだ間に合うかもしれない。だが、そう思うそばからまた彼等が僕の噂《うわさ》を、たッたいま裏がえしにして見た僕の心を、語り合っているのではないかと思うと、こんどはそれが怖さにもどれない。

路地から路地へ、散らばっている毀《こわ》れたハメ板や洗濯水のたまりを踏みつけて、ただ足の向く方へでたらめに歩きながら、耳もとに消えのこっている彼等の話声を忘れようと努めた。……だが、それは容易に消えはしなかった。その筈《はず》だ。その声が僕のきいた彼等の最後の声になってしまったのだ。……

もう引き返すことができない、と思う程の距離まで来ると、僕は立ちどまり、振りかえる。……あの声がしなかったら、もし彼等があんなに大声で話しながら来たのでなかったら、きっと僕はそのままあの椅子に腰を落ちつけていただろう。そしてまた、もとどおりに三人は仲間になったにちがいない。……そう云う事態を僕は、暗に心のどこかで待ちもうけていたのだから。


ところで裏切りは、まだ完成してはいなかった。それは夜、家へ帰ってからのことだ。町にいるかぎり、やはり僕はどこかで仲間たちとつながっていた。

夜、僕の家に黒い羽織をきた婦人が現れた。倉田夫人、つまり倉田の母親だった。……玄関に母が出て、僕を呼んだ。

倉田夫人は二晩も家をあけたまま姿をみせない息子を案じていたおりから、きょうになって箪笥《たんす》のひきだしにあった預金帳がなくなっているのを発見した。その他にボストン・バッグが二つ、倉田氏の鳥打ち帽、宝石入のネクタイ・ピン、それに高額の現金までなくなっていることが判明した。……息子の書棚から出てきた日記や覚え書きの紙片や、そしておびただしい手紙をしらべて、あきれかえった行状のあらましを知った、と云うのである。

「どこへ行っちゃったのかなア」と僕は多少の羨望《せんぼう》の交った嘆声を上げた。ところがこれが倉田夫人には、もっとも空トボケた言葉にきこえた。……のっけから夫人は僕を疑っていた。

「隠さずに、はっきりおっしゃい。……何処《どこ》へやったのです。真悟を」

僕は知らないと答えるよりしかたがなかった。すると夫人は、もともとの責任は僕にある、とにわかに九州弁の訛《なまり》を強く出しながら云った。土色をした唇のはしに唾《つば》が白くたまっている。……夫人の言葉が僕の心を強くした。僕は母をみた。母も僕をみた。痩《や》せて影の多い倉田夫人にくらべて母の丸顔には、あきらかに息子をくらべて勝った人のよろこびが、かくしきれずに滲《にじ》み出していた。

これで安心して場をはずせる、と僕は思った。

「では僕、これから探しに行ってまいります」と、念のために自分の部屋の本箱に鍵《かぎ》を下ろすと家を出た。

外は暗かった。倉田夫人に約束はしたものの彼等の行方をさがす気持は無論なかった。習慣で足があの喫茶店の方へむきそうにすると、僕は引きかえした。そして知らない路を歩いた。もう何処へ行こうにも行きようがない。星のない空からなまあたたかい風が吹いてきた。……僕は、ふと自動車をよびとめると、河向うの町の一つを云った。あそこで、あいつたちに会えるかも知れない。そうつぶやいたが、それを望んでいるわけでも勿論なかった。

自動車が動きだすと僕は車の速力で、感傷的な酔い心地にさそいこまれた。窓にうつりながら流れて行く灯を見ると、心の底に友人を愛したときの僕の感情がチラチラほのめき出すのだ。……しかし、やがて速力が増すにつれて動いている快感だけが僕を占領した。いくつもの橋をこえるとき、そのたびに橋桁《はしげた》の中腹がヘッドライトに浮び、まるくもり上っては、うなりながら車体の下敷になって消えた。

僕はいつか座席からのり出すように、運転台の背板に両腕をかけて、自分から動いているような錯覚におちた。

……そのとしの冬から、また新しい国々との戦争がはじまった。

夢みる女

このちサムソン、ソレクの谷に居る
名はデリラと言う婦人を愛す

いったい何がおもしろくて、あの人はあんなに嘘《うそ》ばかりつくのだろうか。それも、シャレや冗談でやっているのならわかるけれど、まったく無意味な嘘、ナンセンスとも何とも、云いようのないほどくだらないデタラメばかりを朝から晩まで云いどおしなのだ。けさも起きぬけに、大きなアクビを一つすると、

「おい、お前のうしろに猫がやってきたぞ」と云って、私をいきなり寝台からとび上らせたけれど、こんなのはまだしも、猫のきらいな私をおどかそうとしてやったことだから、それなりに了解できる。しかし不断、のべつ幕なしに云っている嘘ときたら、それが何だったか思い出せもしないほどツマらない、トリトメのないことばかりで、

よくもそんなに下らない出まかせばかり考えつくことができるものだと、妙に感心してしまうこともあるくらいだ。

もともとお嫁にくるときだって私は、いかにも嘘らしい嘘にだまされてきたようなものだ。家に遊びにくると無口のくせに、ときどき、

「おれ、ライオンを素手で殺したことがある……」とか、「食おうとする方が食われて、強くて甘いもの、なアんだ?」とか、とっぴょうしもないことを、まじめ腐った顔付きで云って、私を笑わせたり、戸迷わせたりしたものだ。……だから、私はあの人のダボラふきの癖のあるのを承知で結婚したわけなのだけれど。それが、どういうものかこのごろになって不意に、何ともいえない不安なものに思えてくる。

まだ、ほんの小さいころ私は、地面を列をつくって歩いている蟻《あり》の行列をながめながら、黒いゴマ粒のような軀《からだ》にちゃんと一人前の肢《あし》があって、それが絶え間なしに働いているのがめずらしく、感心していると、そばから女中が、

「お嬢さん、このムシが何をやっているのか分りますか」と問いかけてきた。

「歩いてる」私はそう答えた。すると女中は、

「まア、ただ歩いているのではありませんよ、あれは食べものを運んでいるのです」

と、声を立てて笑いながら教えてくれた。そのときから私は、動きまわっている蟻を

見ると気持が悪くなった。あの小さな軀に、眼や、鼻や、口や、腹ワタがあり、ご飯を食べたり、お腹をすかしたりしているのかと思うと、ゾロゾロと真黒な行列をつくっている一疋《ぴき》一疋が私の軀とすっかり同じものになって見えてくるのだ。

このごろ私が感じだしたという不安も、ちょうどそんなものだ。あの人が朝から晩まで云っているダボラの一つ一つが、何だかその蟻のような気がする。もしそれが本当に意味のない、ツマらない言葉だとしたら、どうしてあんなにシツッコクくりかえす必要があるのだろう。

そういえば私は、この頃ひどく疑りっぽくなった。前はこんなじゃなかった。以前私は、あの人がこれまで遊んだり恋したりした女の人の話をきくのが一番好きだったのだ。……そういう話になると、あの人は柄にもなくハニかんで、ひらいた口をお魚のようにとがらせたまま、出かかった言葉が中途から声にならずに消えそうになる。それが面白くて私は、何度でも催促した。すると、あの人は例によって、自分をダマした女に復讐《ふくしゅう》するために、その女の身内の男を三十人殺したとか、遊廓《ゆうかく》の門のまわりに待ち伏せしていた与太者をやっつけるのに門の柱ごと引っくりかえしてやったとか、そんな大袈裟《おおげさ》なつくりばなしを交ぜながら、かずかずの恋の冒険談をはじめるのだ。

頭がばかに大きくて、肩や背中がモリ上り、寸詰りの胴体に不釣合いに長い手脚がぶら下っているあの人のまるでゴリラにそっくりな体つきが、どうやってラヴシインを演じたかと思うと、もうそれだけで私は、プッと吹き出してしまう。……私があんまり笑うものだから、あの人はときどき機嫌を悪くして横を向いてしまうが、そのくせ内心ではヤッキになって何とかして自分のラヴ・ロマンスを信じさせようと、またそばへやってくると私のノドをさすりながら、

「おや、お前はちっともクスグッタがらないのだね、不思議だな。こうしてやるとどんな女でもみんなよろこんだものだが」と云ったりする。だが、どんなことを云われても私は別段、何とも思わなかった。いま考えるとおかしいようだけれど、私はときどき、自分はヤキモチを焼くという人並みの能力が根本的に欠けているのかもしれない、と思って不安にさえなったものだ。……それが、このごろではどうだろう。あの人の指が何の気なしに私のアゴにふれただけで、もう私はあの人の前妻や、そのほかの女たちのことを想《おも》い出して、胸をしめつけられるような気持になり、

「よしてよ、まちがえないでね」と、指をふりはらいながらヒステリックな声を上げて、自分でもびっくりすることがある。

どうして、こんなことになってしまったのかしら。私は自分で自分のことがサッパリわからない。……ひょっとすると私は、とんでもないところで、あの人がいつも冗

談のようにして云っている嘘にダマされているのかもしれない。どんなにツマらない嘘にしろ、くりかえしてきかされているうちに本当のことのような気がすることもあるし、それが度びかさなると嘘と本当がゴチャゴチャになって、あたりのものがみな疑わしく見えてくる。それは鏡の中でまた鏡を見るような、奥へ奥へ引っぱられる重苦しい夢のような気持だ。そんなイラ立たしい気持にひかされながら、だんだん私はあの人の話にきいたことが実際に起ったことがらのような気がしてくるのだ。

あの人が外へ出掛けたあとで私は不安でならない。一人でいると、いろいろのことを空想するし、その空想が事実と混りあってしまうからだ。きょうも、あの人がどうしてあんなに嘘ばかりつくようになったのかを考えているうちに、私はふと、あの人の前妻がひどい仕打ちであの人をダマしたためではなかろうかと思いついた。

あの人は、ひとりッ子だし、それも石女《うまずめ》のようにいわれていた母親が神様に願をかけてやっと生れたというだけに、わがままに育てられて、いくつになってもまるでダダっ子のようにふるまい、恋愛のときでも、傍若無人、必ず自分は愛されているにきまっていると盲信して相手の意志などおかまいなしに、ただ強引に押しの一手でくるのだから、あんなにダマされやすい人もないわけだ。あの人が最初にテムナテ人の女と結婚したときだって、その通りだ。旅先きで出会った素性もしれない女を、一と眼みただけでもう天地創造の神からさずかった女のように熱狂して、さすがの息子に甘い親たちをびっくりさせた。

「何もあんな他国ものでなくとも、他にもっとなんとかありそうなものを」と、情ながって泣く母親に、

「いや、あの女は僕が気に入ったんだ。だから、どうしたってあの女をもらってくれなくては困る」と、父にも母にも云い張ってきかず、家をとび出して女のところへ行ってしまった。そのあげく、あの人が云うには知っていてワザと騙《だま》されたようによそおったのだそうだが、さんざんに裏切られては、そのたびごとに大喧嘩《おおげんか》をして馬鹿力で暴れ狂い、あとで着物からシャツの類まで何十着も弁償させられたりして、とうとう女はちょっとした留守の間に、友人のために寝取られてしまった。……そんなことがあったために可哀そうに、あの人はあんな嘘つきになってしまったのかもしれない。

しかし、そう思うと同時に私は、たまらなく心配になってきた。きょうもまた、猟に行く、といってロバの骨でつくったコン棒をさげて出て行ったのだけれど何の猟だか、まったくアテになったものではない。……私はテムナテ人の女をひとり知っているが、それは鰓骨《えらぼね》がマムシのように張り、鼻の先がながく唇の先までタレ下った、見

るからにいやらしい顔立ちで、男からお世辞をいわれるとそのまんま受けとるかわりに、そばでどんなイヤミやアテコスリをいわれても自分のことだとは夢にもうたがわず、天下第一等の美女だと思いこんでいる恥しらずな性質なのだ。……私は、この背の高い、鼻のぶら下ったテムナテ女と、前かがみに背の低いゴリラのようなあの人とが、手をつないで歩くところを想像しては、一人で笑いころげたものだが、いま急にそれが笑いごとではなく思われてきた。

もし女に裏切られたことが原因で、あの人があんなにデタラメばかり云うようになったのだとしたら、デタラメを云っている間はやっぱり女に未練がある証拠ではないだろうか？

ともかく、あのテムナテ女とはっきり別れたかどうかを一度あの人にたしかめてみなくては……。

夜中に眼をさますと、となりから物すごいいびきに交って、ときどき、「コウ、コウ、キユロ、キユロ、……」というような言葉にならない奇妙な寝言がきこえる。いったい何の夢をみているのだろうか。あの人の寝顔をみながら、（これが私の夫なんだ）そうつぶやいて私はわれながら、びっくりするほどシラジラしい気持におそわれる。私にはあの人の気持がサッパリつかめないし、あの人は私のことをちっともわかってくれない。「ねえ、どうしてあなたはそんなに嘘ばっかりつくの?」と訊《き》くと、あの人はいつも、「それは、本当のことならその場かぎりだが、嘘の話ならバレたときにも話題になるし、一つのことで二重にたのしめるからさ」とこたえたものだ。ところが、それがウソなのだ。あの人は、やっぱりダマそうとして私をダマしている。

……ある日、外からかえってきたあの人に私はいきなり飛びつき、小猫がジャレるように体にまつわりながら、わざとクンクン鼻を鳴らしてやった。

「おいおい、どうした。おれの体に女の臭《にお》いでもするのかね」

「うん。するする……」

すると、あの人は鐘の割れるような声で笑い出したので、私はマジメな顔をして、

「本当にあなた、きょうは誰にも女の人に会わなかった?」

「会わないよ」

「じゃ、結婚してから誰か女の人に会った」

「いいや」

「絶対にほんと?」

「絶対だ」

私は泣くマネをした。そして、そのときまで考えてもいなかったのに突然、唇からもれるように、こんなことを云ってしまった。

「ごめんなさい、私は悪かったわ。いままでだまっていたけれど本当は私は一度、ほかの人に抱かれたことがあるの……」

あの人はぼんやりした様子で、しばらくの間だまっていた。……ここで私の方から口を切ってはいけない、そう思ってそれを待つのは実に苦しかったが、とうとうあの人も低い、ぼそぼそした声で答えた。

「おれもあるよ、一度」

私は抱かれていたあの人の胸から飛びはなれた。そして夢中で云った。

「それごらんなさい、嘘つき！　私はないわ、一度もそんなこと」

その瞬間、あの人の掌が私の頰に飛んできたかと思うと、打ち倒されて床の上にいた。……気がつくと頭が火のように熱く、眼を上げるとあの人の顔が私の真上にあった。私は驚いた。あの人の眼の中に涙がたまっているのだ。

「ごめんなさい……」そう小さく云って私はあやまろうとした。だが、そのとき急に口の中に血の臭いがして怪我させられたことに気がつくと、あらためてあの人が本当の嘘つきだったことを思い出した。そしてあの人が何のために泣いているのかサッパりわからなくなった。

その日以来、私は前にもまして一層うたぐり深くなった。そう思ってみると毎日のくらしの些細《ささい》なことが一つ一つみんなウソでかたまっている。それにあの人は何かにつけて変にオドオドしはじめた。たとえば私がこころみに、あの人の革の腰ヒモを引ッぱって、

「これ、誰にもらったの？　テムナテの女から？」ときくと、あの人は私の眼の色をみて、

「いや、テムナテじゃない、別くちだ」

「うそ……この間はテムナテにもらったって云ったくせに」

するとあの人は眼玉をウツロにひらいて唇をとがらせながら、

「うん、そうか。憶《おも》い出した。……これは、しかしテムナテじゃない。あのときはちょっとお前をヤカせただけだ。このヒモはお父さんにもらったのだよ」と、こう答える。一事が万事この調子だ。私はあの人の不器用さにも腹が立ってくる。どうせのことにもっとチエを働らかせてくれればいいのに、何でも都合の悪いことになるとみんな「お父さん」をもち出すか、でなければ私を抱きにくるかだ。眼尻《めじり》にシワをいっぱいよせて、変にズル賢い子供のような老人のようなウス笑いをうかべて、長い両腕を

ゴリラのようにひろげながら……。

「いや！」私はせい一ぱい叫んで突きのける。「よして。……私がテムナテの垂れ鼻女じゃなくてお気の毒ね」するとあの人は、私の体をつきはなし、頭をかかえこんで髪の毛をかきむしりながら、

「どうしてお前は、そんなにシットぶかいんだ」と、わめくように云う。しかし私には、それがただのお芝居にみえる。

こんな毎日がこれから先きもずっとつづくのかと思うと、たまらない気がする。家にいたときはそれでも外へ気晴らしに出掛けることもできたが、いまではそれもできず一日中あの嘘《うそ》つきの人の顔をみてくらさなくてはならない。……それに、この頃ではたまに外へ出ても空の青い色をみると気持が悪くなってメマイがしそうになるのだ。——あの空の向うにテムナテがある、そう思っただけで私は胸からお腹が氷のように冷くなる。これが嫉妬《しっと》というものだろうか、忘れたと思う間もなく突然あらわれて私のすべてを奪い去って行く。

朝、窓ぎわのテーブルで、あの人が山羊《やぎ》のミルクをのんでいる。両手でお碗《わん》をかかえて口のまわりに白くミルクのお汁をつけながら。……こんなとき、あの人の顔は私

より十五も年上のくせに、私より十も年下の子供のようにみえる。

「ミルク、おいしい?」

「うん」といって顔を上げたあの人を見ると私は、自分より若い大人ぶった少年をカラカッてみたいような気持がして、

「どうしたの、そんなお顔して?　……また、タレ鼻姫のことを想っているの?」と、やさしく声をかけてやった。すると、あの人は急に、「う」といったまま口をつぐみ、眼をキョロキョロと窓の外の山の頂上の方へ向けたかと思うと、「ええ?　よせやい、おれが愛しているのはお前だけだよ」と云う。

また嘘をついた!　私はうんざりすると同時に、せっかく晴ればれとしていたこの気持を台ナシにされて、その腹立たしさを誰に向けようかとまようちにもイラ立たしさがこみ上げ、思わず茶碗を床に叩《たた》き落した。そして、また格闘がはじまる。……くりかえしてこんなことばかりやっているうちに、私は変な状態におち入ってしまった。たまに心配ごとや、いさかいのない日があると、あるもの足りない気がするのだ。あの人にも、そんな気持があるのか、静かに食事をしおわったあとでは、二人して、思わず顔を見合せて笑ってしまう。……脆《もろ》くて、敏感で、そして大切な容器。さわればすぐに毀《こわ》れるとわかっているだけに、つい手をのばしてみたくなる、そんなク

スグッタさに似た気持だ。

「ねえ、ちょっと……」私はあの人の鼻の頭をなでながら、「こうしていつもテムナテに接吻《せっぷん》してあげたのでしょう？」

「……………」

「何とか云ったらどう、そうでしょう？」

だが、あの人は返辞もしなければ身動きもしない。顔に私の指を這《は》わせたまま眠むそうだ、じっとしている。……ああ、この人をこのまま縛りつけてしまうことができたら。そうしたら、もうどんなに嘘をついて私をダマしたって、テムナテの女にも、どの女にも会わせないですむのだし、それにどんなにだってイジメてやることができる、そうなったら愉快だろうなア。……何気なくそんなことを想《おも》いながら、あの人の骨太の猛獣のような腕や胸をさすっていると、ふと私は二三日前にやってきた物売りの男が云ったことを思い出して、ドキリとした。

それは物売りにしてはイヤ味のない小ザッパリした身なりの二人づれの男だった。腕環《うでわ》や耳飾やその他、金銀の細工物や宝石などみな高価なものを家の戸口に立って並べながら、それほど買い物を強いるわけでもなく、いろいろ面白いことを云って私を笑わせた。ちょうど、あの人は留守だったし退屈しのぎに応対していると、男たちはしきりに、あの人の腕力の強いことをほめたたえ、こんなことを云った。——実は、自分たちはスモウの選手で、となりの町で行われる大会で一度お宅のご主人を敗かしたいと思っているがどうしても勝てない。ご主人の怪力には何か秘密があると思うのだが、それをこっそり自分たちにきかせてもらえないか。もしそれができたら、ここにある品物は全部差し上げたい……。

勿論《もちろん》それは、お世辞半分の冗談だと思ったし、それに、どういうものか私はあの人といっしょになって以来、装身具や衣裳《いしょう》にすっかり興味を失ってしまっていたので、ただ笑って男たちを帰してやったのだけれど。……そのときのことが、いま不意に私の胸によみがえった。

いったい、あの人の馬鹿力に秘密があるものかどうかさえ私は考えたこともなかった。けれども、一度私の方からあの人をダマしてやることには興味があった。あの人が大勢見物人のあつまる隣の町の運動場へ、意気揚揚と出掛けて行き、何も知らずに土俵に上っていきなりドテンと引っくりかえされたら、と思うと想像しただけでも滑《こっ》稽《けい》だし、それにときどき私が縛り上げて、何でもいうことをきかせてやることもできる。……とはいうものの別段、私はそれを実行にうつしてみる気はなかったのだけれど。

四五日たって、またあの人の留守のとき先日の物売りがやってきた。こんどは一人で、手には荷物ももたずに、そして前よりももっと身ぎれいにしていた。……こんどもまた商いのことはそっちのけで世間話をかわしているうち、ふと私はこの男にテムナテの女のことを聞いてみる気になった。世間のひろい仕事だから何か知っているのかと思って。しかし私が問いかけると、物売りはかぶりを振った。そして云った。

「さア、わたしもよくは知らないが、旦那はちょくちょくあっちの方でお見かけしますよ。この次までに、仲間の者にきいておきましょう」

私は後悔した。話の半分もきかないうちに眼の前が暗くなり、商人の手前、脚がガクガクふるえてくるのを、どうやって隠してよいかわからなかった。それからしばらくの間、商人がいつ帰って行ったかにも気がつかないくらい、私は茫然《ぼうぜん》と立ちつくした。

私はもうあの人に何も訊くまいと決心した。私はただ折をみては、あの怪力の秘密をさぐろうとだけ努力しよう、その他には私にとりついた魔物から脱《のが》れるすべはない、と思った。考えてみれば、あの人とくらしはじめて三年ちかくの間、私は毎日ダマされどおしだった上に、またこんなにひどくダマされていたのだ。それに、この頃ではあの人の心のうらを探ることに気をうばわれて落ちついて鏡をみることさえしなかったが、このおとろえ方はどうだろう。まだ二十歳にもならないのに、まるでもう四十歳すぎの女の形相だ。……

その日から三週間、私はいままでとは全くかわって、ちょうどあの人と結婚したばかりのときのように何の疑心もない風にふるまった。その間、何度か冗談をよそおっては例の秘密をきき出そうとこころみたのだが、そのたびごとにあの人は変った嘘を考えついては云った。それはまアよくも考えもしたものだと感心させられもする嘘のつきっぷりだった。「実はおれは麻の臭いがきらいなんだ。あの臭いをかぐと頭がクラクラして力がみんな抜けちまう。だから新しい麻縄でしばられたら、おれは最後だよ」そう云ったかと思うと次はもう「本当は鉄の索《つな》が苦手だ」というし、それからまた「髪を他人にいじられると神経にさわってボウッとなっちゃうんだ」ともいう。そしてまたあの人の馬鹿力がこんなに発揮されたのも私にははじめてのことだった。七重にかけた麻縄で縛っても、鋼鉄の索で縛っても、あの人がちょっと肩を動かしただけで糸のようにポツンと切れてしまうのだ。……それにしてもあの人はどうして、云ってはならないことがあるのなら、ただ黙っていることができないのかしら。所詮、よっぽど嘘をつくのが好きな性質だとしか考えようがない。本当にアキレタものだ。今度という今度こそは、どんなにダマされても腹を立てたりイラ立ったりはしないで、最後まで馬鹿のようにダマされぬいて、あの人の根のつきたときにダマしかえしてやろうと決心していたものの、何度目かに、

「おれの髪の毛を織器で織り、それを釘《くぎ》でとめられたら、もう動くこともどうすることもできない」と云われて、あの人の眠った間にそのとおりして置いたときは、もう大丈夫と思ったのに、やっぱりあの人が眼をさますと頭をひと振り振っただけで織器につけた釘を簡単に引き抜いてしまったのには、ついに我慢も何も出来ないほど情なく、私は思わずあの人にとりすがって、

「いったい、あなたは私をどこまでダマしたら気がすむの」と泣いてしまった。「あなたにも、どうしても云えない秘密があるというのなら、それはそれでもいいの。だけど、あなたは私をダマすからいやよ。騙《だま》すならおしまいまで騙してくれればいいの。それならダマすことにはならないわ。……嘘をついたときでも、ハッキリそう白状してくれればいいの。それをあなたは最後まで、嘘だか本当だか、騙すのか騙さないのか、ハッキリしてくれないでしょう。どうしてそうなの？　ねえ、どうして？」

あの人は返辞もせずに、眼を天井の方にばかり向けていたが、やがてポツリと一と

言驚くべきことを云った。

「それはお前、……愛しているからさ」

それをきいて私は、しばらく口をあけたままだった。

「よくも云ってくれたわね。愛しているだなんて。……それならいいわ、愛しているのなら私におしえて、あなたの本当の秘密はいったい何？」

すると、あの人は急にぐったりしたように首を前にたれ、低い声で云った。

「おれの髪の毛をきればいいのさ」

ああ、私はいったい何ということをしてしまったのだろう。

私が必死になってあの人の髪を切りおわったとき、あのよくやってくる物売りの男が戸口から案内を乞わずに飛びこんできた。こんどは役人の服を着て、家のまわりをその人の家来がすっかりとりかこんでいる。

「サムソン、つかまえたぞ、神妙にしろ」

あの人は立ち上ろうとしたが、どうしたことかそのままフラフラとよろめいて壁に手をついた。そしてガンジガラメに縄をかけられると、その場で両眼をくりぬかれた。

私にはそれが何のことだか、わけがわからなかった。あの人はまだまだ一ぱい私をダマしている。どんな罰をうけたって足りないぐらいだ。……

役人は床に膝《ひざ》をついたあの人を、縄で引っぱって立たせると乱暴に背中を押したから、戸口の方へ進んだ。髪を切られ坊主頭になり、そのうえ縄で厳重にしばられたあの人には、ふだんの面かげがまるでない。とぼとぼと幽霊のように街の闘技場へ引かれて行くのだろうか。……と、あの人は戸口の前にさしかかったとき突然立ちどまると、ふり返った。そして、「デリラ……」と一と言、私の名を呼んだ。

「…………」私は声が出なかった。けれども自分の名を呼ぶその声は私の夢をさました。あの人の口もとにはかすかな微笑がうかんでいる。そしてあの人の両眼には、涙ではなく、血がながれている。

私は戸口に立ったまま動くことも、どうすることもできなかった。いつまでもウツロな眼を、ソレクの谷を上って行くあの人と役人たちの一行の方へ向けながら。

肥った女

そのころ僕は肥《ふと》った女をみると、何ともいえない親しさを感じた。ゆきずりに街ですれちがっただけでも相手が肥っている女性だと、僕は自分に好意をよせられているような錯覚におち入った。学校のかえり途《みち》に、仲間とよく行く喫茶店でも、肥った給仕女と顔を見合せると何となくモノになりそうな気がした。丸いはち切れそうな頬や、頤《あご》や、まわりから肉に圧《お》されて細く小さくなった眼や、摑《つか》みごたえのありそうな二の腕や、肉づきよく盛り上ってクボミのできる手や足の甲や、そんなものを見ただけで僕は不思議と心が安まり、ハニカムことなしに最初から自由にふるまって、何でも話すことができたのである。

僕は一人っ子で甘やかされて育ってきたが僕の母は、僕のものごころついたころから、いつも肥ることばかりを気に病んでいた。さすがに新聞広告をみてヤセ薬をとりよせることまではしなかったけれど、夏の暑い日でも体にサラシの布をきつく巻きつけたり、固いコルセットを着物の下につけたり、さまざまに苦労して痩《や》せてみえるようにしていた。……「お前を生んだときから、わたしはこんなに肥りだした」と、母はほとんど口グセのようにそう云っていたが、その言葉には僕に対するなみなみならぬウラミがこもっているようであった。僕の学業が不成績だったり、落第したり、素行が悪かったりすると、そのたびに母は、出頭を命ぜられた学校の急な坂路をあえぎあえぎ登りながら、

「またこれで何百メふとった」と溜《た》め息まじりに云っていた。けれども僕の見おぼえている範囲では、幼稚園児のころから大学予科生にいたるまで、いつの時代でも、母は同じように肥えふとっており、とくに何年代からどういうショックでそうなったというハッキリした区別がつきそうもない。……こんな風にして僕は幼年期から、女性が肥満することをどんなに怖《おそ》れ厭《いと》うかということを頭に叩《たた》き込まれてきた。それで、肥った婦人を見ると僕は、しらずしらずに同情したり、何か悩んでいることがありはしないかと思ったり、またそのことについての責任を自分が問われるのではないかと危惧《きぐ》したりする。

いまから思うと、どんなつもりでそういうことをしていたのかわからないが、僕ら

はたびたび吉原の遊廓《ゆうかく》へ出かけた。その戦争末期のころは、まだそのへんには芝居の書割でみるのとそっくりの建物がのこっており、女も過半数は日本髪に結っていて、それは僕らの日常とまったくカケはなれた異様な場所であった。そういう伝統の古い町を守ろうとする気持が、当時の政府にもいくらかあったためだろうか、喫茶店や玉突屋でさえ入り口に、

「その筋の命令により学生未成年の方お断りします」と看板が出ているのに、その町だけは帽子だけとっていれば学生服で大ぴらで歩くことが出来た。しかし、その町に他のどんな魅力があったかときかれると答えようがない。学業も運動も怠けており、したがって体力はありあまっていたけれど、そこへ行かなくては身の処し方がないというほどでもない。それに、もしそのような衝動的な欲求があったとしても、その町はあまりに物静かで古めかしく、かえってただ陰気な心持にさそわれることさえある。……それでも僕らは、誰か一人が、

「こんばん行こうか」と云いだすと、かならず二三人の同好者があつまり、なお一人か二人の尻込《しりご》みする連中を無理矢理仲間へ引き入れることもあった。

そんなとき僕は（たぶん他の大抵の連中も）どうしてその町へ行きたくないのかというハッキリした理由を云えないために賛成してしまう。僕は自分自身にこう問いか

けてみるよりしかたがない。

——お金が惜しいのか。病気がおそろしいのか。

短兵急についてくるこの質問に、僕はあわてて（ちがう）と答え、それから皆には、「そろそろ、いい陽気になってきやがったからなア」などと、さもアソビなれた下町の旦那の風をよそおったつもりで、にこにこ笑いながらアイヅチを打つのだ。

しかし、うまく調子にのると、まんざらツマラないばかりのものでもなかった。僕らは大抵、出掛けるときは花井潤平の家でせいぞろいした。彼は両親とまったく別棟の二階家を弟と二人だけで占領しており、またその出征中の兄さんは衣裳《いしよう》道楽だったから、それを無断で借用して手軽に変装できることも便利だった。いくら学生服で咎《とが》められないからといっても、ふだんのままの服装は何となくタメラわれたのである。ミドリ色のソフト帽、赤いセーター、白の襟巻き、半外套《がいとう》、そんな恰好《かつこう》で、三《み》の輪《わ》の市電車庫の曲りかどまでくると、急に心がトキめいたりしたものだ。道順はたいがい龍泉寺で市電を下り、揚屋《あげや》町の門から入って行った。……僕はそれらの町名や地名が、小説や芝居でさんざん聞きなれたものであることに、いつも奇妙な戸惑いを感じた。それが単なる停留場や門であっては、どうしていけないのだろう？　しかし門から一歩、巾《はば》の広い道路に足を踏み入れるときは一層へんな心持だ。それはまるで飛行機の滑走路のように空漠としてトリトメがなく、そのため一旦は欲望がチリヂリに四散して、いったい何のためにこんなところへやってきたのか我ながらわけがわからなくなるからである。けれども、いっしょにやってきた仲間に対する遠慮から、誰もそんなことを口には出さない。それに何といっても、不機嫌にダマリこんで、怖気《おじけ》づいていると思われるのは一層心外なことだったから、みんなは出来るだけホガラカそうな口をきき合ったのだ。しかし、たまにはその上ッ調子がうまくおたがいの気持にすべりこんでくることがある。そんなとき僕らはすくわれたような気になる。


その日、花井と岩山一郎と僕とが、大通りを歩いていると、

「よう画かきさん、三人組」と番頭の声がかかった。僕らは顔を見合せた。いつものように三人は、花井の兄のジャンパーやらカッパやらをシコタマ着こんで、坊主刈りの頭にそれぞれ好みのハンチングやベレーをのせていたから、たぶんペンキ屋の小僧と見做《みな》されたにちがいない。……僕らは足をとめた。

「どうする？」

その M 楼というのは、表を紅がらで塗り上げた、わりに大きな三階建のみせだ。脈があるとみたのか番頭は、

「お若い芸術家の方には、とくに日本伝統の文化を認識していただくために、ぜひ……」などと、角刈りの頭をふりながら真剣な顔つきになって云う。

「ニッポン的美はいるかい？」花井がきいた。

「おります」番頭は言下にこたえ、初見世と、小学校のときの書初めの宿題のように長い大きな用紙にしたためたビラの方をかえりみた。

「ちょうど、お好みにピッタリなのが三人おります」

と、そのときキャッキャッと笑い声がきこえて、幕の合間から日本髪の白い顔がのぞいた。

「あのこ？」

「さいです、美人でしょう、どうぞ」

幕がもくもく揺れると、つづいて出てきた女たちの白粉《おしろい》がギラギラと電気にまぶしいほど反射した。……それを見て僕は、まだ番頭と話しこもうとする花井のズボンを引っぱった。すると花井は何を思ったのか、いきなり靴を脱ぎはじめた。僕にすれば、あんまり明るい店先にウロウロしていることが何よりの苦痛だったから、いそいで靴を脱ぎすてると、真先にとっつきの階段をのぼった。

やがて、遣手《やりて》がお茶といっしょに木の札をもってくる。僕はすでにある予感がひらめいて観念していた。きっと、あの女だろう、二番目に出てきた顔の大きい、横巾のひろい……。札をひくと、花井が春美、岩山が幾代、僕のが君太郎とある。

僕の予感はやっぱり当っていた。……真先きに障子をあけて入ってきたあの女が、僕の横に分厚い肩先をすりつけるように坐った。それにしても、岩山や花井の相方は妓夫の言葉がそれほど出まかせでもないと思われる容姿だっただけに、眼の前に見る君太郎は店先で覗《のぞ》いた印象をはるかにこえて大きな体軀《たいく》だった。畳にじかに坐った腿《もも》が、ふとんの上にアグラを組んでいる僕のそれよりも二倍ぐらい高いのである。顔の造作もまた大きく、鼻にも耳にも肉がたっぷりついて、ふとい眉《まゆ》の下に、黒い大きな眼が――それだけが彼女の容貌《ようぼう》のとりえだったかもしれない――パッチリとひらいている。

みんなと別れて部屋へ行くときの僕の顔色は、いくらか青ざめていたかもしれない。彼女の足が一歩一歩廊下をふみしめるごとに、それだけの重みが僕の胸に感じられた。

二人きりになると僕は仕方なしに、きいてみた。

「君太郎って名前は何からとったんだ。家にいるときは君子さんだったのか」

すると彼女は、この界隈《かいわい》ではたらく多くの女がそうであるように東北地方のナマリで、

「そうよ。この間までは芸者してたの」

僕は表の書初めのようなビラを思い出して苦笑した。年齢をきく気にもなれないほど彼女の皮膚は色艶《いろつや》がそこなわれていたのである。……しかし彼女の話では、三味線をひくことが出来るし、踊もいくらか心得ているということだった。

「この家には芸者してた人が多いの、春美さんも、幾代さんもそうだし。……だから、お正月にはみんなで演芸大会をひらけって云われているの」

なるほどそれで、さっきの番頭が「芸術家の皆さんにピッタリする」と云ったわけだ、そう思うと僕はいくらか気持がほぐれてきた。まずいながらに一生懸命、鼻の頭に汗を吹き出しながらバチを持っている君太郎の顔が眼に見えるようであった。それに、暗い部屋に低くひびく彼女の声は、舌のまわりかねている稚拙な標準語とあいまって、ある甘さと、やさしさとがこもっているように思われた。

僕は意外にユックリしてしまった。……時間がきて部屋を出ると、すでに花井と岩山とは玄関に立っていた。二人は何を話しているのか僕にはその笑った顔だけが見えた。すると、どうしたことか僕は急に顔が赤くなった。そして、そばについてきた君太郎を、いくらか邪慳《じゃけん》に押しもどした。掌にあたたか味のある柔らかさが残るのを感じながら。

中で一番引き緊《しま》った顔立ちの女を引きあてた岩山は、かえりの道で、「あれはスゴい女だ。ドイツ大使館の連中がよく来るが、毛唐を対手につとまるのは彼女だけで、最初の一人をつかまえたときは、通りに向って『ハイル・ヒットラー』と呼んだのだそうだ」と云った。

そんな話をきくにつけて僕は、ふと今夜は自分が一番幸運をつかんだのかもしれないなどと思った。……けれども、一週間たたないうちに、もう一度あの肥った女のところへ出掛けて行くだろうとは、思いもよらぬことだった。

どうかすると僕は、突発的に、もう学校へ通うのは止《や》めてしまいたいと思うことがあった。校内で一番権力をもっているのは現役の軍事教練の教官で、ほかの教師たちは徹底的に軍人にへつらうか、でなければ僕たちの顔をながめて、「君たちはだんだん幼年学校の生徒に似てきますね、私は大変愉快です」というようなイヤガラセを云ってみるか、のどちらかであった。しかし、そんな直接の原因がなくても僕は、ただ白い真四角な鉄筋コンクリートの校舎をながめただけで、どうしても我慢できなくなることがあった。退屈な課業を聞きながしながら、窓の外にそびえている教会堂の尖《とが》った屋根や、林の松の木の一本一本が、たまらなくイラ立たしく思われた。……その日も、僕は教室の机や椅子《いす》の脚が鉄で出来ていることが、わけもなしに腹立たしく、おまけに岩山も花井もそろって欠席していたので話相手もいないまま、あてもなしに学校を出た。そんな日によくやるように、僕はデタラメに食堂へとびこんで、注文した丼《どんぶり》を三分の一も平げないうちにまた飛び出したり、映画館で戦争の記録ものを中途までのぞいたり、そんなことで時間をつぶすうちに、あたりが暗くなりはじめたころ、しらずしらずあの町に足が向いていた。

遊廓の中は人通りがすくなく、広大な道路がいつもにましてガランとしていた。僕は帽子と上衣《うわぎ》を龍泉寺の喫茶店にあずかってもらい、シャツ一枚に坊主頭で歩いていたが、不意に一人だけそんな恰好でいることが心細くなり、駆け込むようにあのM楼へ入った。

僕の顔をみると、はじめ君太郎は驚いたようすだった。

「まア、きょうは一人。ひとりで来たの」

そんな風に、すこし蓮《はす》っ葉に口をききながら、

「まだ、おばさんが出てこなくて」とか、「ああ、お茶、お茶、お茶をもってこなくちゃア」とか、そんなことを早くちに云って、立ったり、坐ったり、廊下をはねるように歩いたりした。

僕としては、彼女の顔立ちがきょうは思ったほど醜くはないのが意外だった。

部屋に入ると彼女はあらためて、この前にひきつづいて来てくれたことの礼を云った。僕はちょっとモドかしい思いをした。彼女は裲襠《うちかけ》を脱ぐと、素肌に濃い紺色の新しい浴衣《ゆかた》を着ていた。そのせいでか、いくらか軀が細く見えるようでもあった。しかし、どうかした拍子に彼女の脚が僕の腹の上に置かれたりすると、それはやっぱり息がつまりそうだったのである。

その晩、僕はそこへ泊ることにした。

ひとしきりさかんだった通りの客の足音が急になくなると、どこかひどく遠いところへ来てしまったような気になる。

「君のいなかはどこだ。山形か？　秋田か？」

「そう、当った。よくわかるわね」

「当り前さ」

僕は小学生時代に一度、父親のつとめの関係で青森県に行っていたことがある。父は方々の県をまわり住んだおかげで、郷土色と結びつけて各県民の性格について独断的な意見をもっていたが、それによると津軽人はひねくれて意地が悪く、山形人はカン性で清潔好き、なかでは秋田人が一番おっとりして人にだまされやすいのだそうである。……この君太郎の父親も誰かにだまされて娘を売ったのだろうか。その金はどうしたろう？　そんなことを思いながら僕は、野良に出て働く君太郎や、また彼女とそっくりの丸顔の大男が犬の毛皮のチャンチャンコを背負って、トボトボあるいている様などを空想してみた。すると出しぬけに君太郎は云った。

「あなた、学生さん、いいわね」

僕はギクッとした。別段、かくし立てする必要もないことだったけれど。こちらの手の内を知らぬ間にのぞかれてしまったような……。云ってみれば、粗い舌でザラッとどこかを舐《な》められたような不愉快さだった。

けれども彼女は僕の気持にはおかまいなしに、また云った。

「あなたは大学生、いいわね。……大学生はさんかくのぼうすかぶってるね」

「え？」

「さんかくのぼうす、かぶってるね」

それが三角形の帽子だとわかるまでに僕は何度も聞きかえさなくてはならなかった。そしてその意味がやっとわかったとき、僕はこの、もしかすると僕より年上かもしれない女を本当に可愛《かわい》らしいと思った。

それからしばらくたって、また僕は一人でM楼へ上った。こんどは制服制帽のままで行ってやった。残念ながら僕の行っていた学校の帽子は「さんかく」ではなく丸型のだったけれど……。しかも、それは僕の顔かたちにあんまり似合いはしなかったのだけれど……。

彼女のよろこび方といったらなかった。あんまりよろこびすぎるので、また僕は不愉快になったくらいだ。

朝、僕の服を着るのを手伝ってくれていた彼女が不意に姿を消した。と思うと廊下をバタバタと駆《か》け出してきて、背の高い体格の立派な女中をつれてくると、自分の実の妹だと云って僕に引き合せた。そして、その女中に彼女は何度も、「大学生、……大学生、……」とくりかえしながら僕の到底聞きとりかねる方言で何ごとかを説明した。

この不意にあらわれた仮の義妹（？）の前で僕は立往生するばかりだった。相手もやはり、赤くふくらんだ大きな手に濡《ぬ》れた雑巾をつかんで、顔をほころばせたまま立ちつくしている。……その顔にあらそえない君太郎の面影がうつるのを見て、思わず僕は背筋に冷いものを当てられたような気持がした。

夏休みがきた。

僕と岩山と花井の三人は合宿旅行をくわだてた。富士から甲府へまわり長野へ出て、蓼科《たでしな》高原の岩山の家の別荘に行き、そこで三人合作の長篇小説を仕上げて帰京しようという計画である。

その具体的な相談をとりきめるために、われわれは花井の二階家に集っていた。僕はふと思い出して、先日花井の相方だった春美が病気で寝ているから見舞ってやってほしいと君太郎が云っていたことを伝えた。……そう云ったあとで僕は、この間からM楼へ一人で行ったことを、まだ誰にも話していなかったことに気がついた。

「なんだお前、あれから二度も行ったんだって……」

「ずるい野郎だ」

彼等はいくらか、はやし立てるようにそう云った。……僕とすれば別段、秘密をつくろうとする意志はなく、ただ吹聴《ふいちょう》するほどのことでもないと思っただけのことだったが、そう云って弁解しているうちに、だんだん気持に負い目がでてきた。ことに彼女の容姿のかんばしくないことが、まるで身内の恥か何ぞのように思われてくるのだ。で、僕はそんな自身の心に反抗するために、

「じゃ、またひとつ皆で出掛けるとするか」と提案した。その結果、富士まわりの旅行はとりやめにして、旅支度で吉原にとまり、あくる日直接、蓼科へ行くことに相談

がまとまった。

その日、僕はひどく大儀な心持だった。何だか期待してはいけないものに、期待しなくてはならなくなるハメに落ち込んで行きそうな気配がする。そして、ボストン・バッグの中に寝間着だのタオルだのコーヒー沸しだのを詰め込んでいると、まるで女のところへ行くためにそんな荷造りをしているような錯覚が起ってくるのだ。そのくせ、自分が一人でこんな大荷物をかかえて君太郎のところへ行くことを想像すると、これはまた考えただけでもウンザリするのだが……。

夕方までひどくむし暑く、日の暮れ方、僕らが出掛けようとするころから雷が鳴って降りはじめた雨が、途中から豪雨になった。岩山が作ってもらったばかりの麻のセビロにカンカン帽、花井が白のカスリの着物、僕がジャンパーに登山帽と、それぞれまちまちの服装だったが、皆一様に下着までずぶ濡れになった。

「いいじゃないかロマンチックで。……これじゃ客がこないから、おれたちモテルぞ」と花井は一人で機嫌がよかった。廓《くるわ》に着くころから雨は小降になってきたが、果してどの通りにも人影はなく、みせさきに出ている妓夫や娼婦《しょうふ》はまるで雨やどりに立っているような恰好《かっこう》で、客を呼ぶ気力も失せてしまっている様子は、まったく陰惨な感じだった。

M楼でも僕らの他には、ほとんど客らしいものを見なかった。花井と岩山とがとなり合った部屋で、僕のだけはなれていた。僕らは花井の部屋ですこし酒をのんだ。君太郎は、腹の工合が悪いとかで、そういえば顔がむくんで、全体にいつもより一層大きく脹れぼったく見えた。器量をくらべる気にはなれなかったが、幾代や春美と並んだところをみると、やっぱり鈍重な感じだ。

僕らはこんなところへ来たにしては、ユッタリと落ち着いた気分で、合作の長篇小説のプランなんかをかなり活潑《かっぱつ》に話し合った。その発案者は岩山だったが、主人公が三人いて、その一人一人を僕ら三人が分担して書くという手筈《てはず》になっていた……。

春美というこは一番若くて、軀も細く、稚くアドけないところがあったから、その左のくすり指にはめている指環のことで、僕らはさんざんにからかった。すると幾代も、ドイツ人からもらったという黒い石の入った耳飾を持ってきて見せたりした。血色のいい引き緊《しま》った顔の彼女は、そんなものをつけると、いかにもらしゃめんという古めかしい言葉が似合っていた。……ふと気がつくと君太郎の姿が見えなかったが、別段気にすることでもないと思った。

疲れたので、かえって寝ころぶつもりで自分の部屋の前までくると、たしかついていたはずの電気が消えている。障子をあけて僕は、どきっとした。真暗な中で君太郎が仰向きになって寝ている。近よると彼女は、掛けていたふとんをずり上げて、いそいで顔をおおった。そのときから僕は、急に腹立たしくなってきた。僕は、つぶやいた。

（——なんだこれは、まるで倦怠《けんたい》期の夫婦みたいじゃないか）嫉妬《しっと》心なら正面からそれらしく出てくれればまだよかった。けれども彼女のやり方には底にある愛情が見えすぎて、それだけ熱っぽく重苦しい。

その晩、僕は石臼《いしうす》のように重い彼女の体をもちあつかいかねて、ほとんど睡《ねむ》ることができなかった。たとい一時のことでも、こんな女に情欲を感じたとは、まるで嘘《うそ》のようだ。いまは、もうこの女の一切合財が、ただたまらないものに思える。鬢付《びんづけ》油の重苦しいにおいや、ひび割れた唇の合い間からのぞく赤い歯茎や、分厚い鼻孔の毛や、そんなものが皆、一ペンにこちらの体にねばりついてくるようだった。……そんな厄介な時間の一刻もはやく過ぎてくれることを半分呪《のろ》いたくなるほどの熱心さで僕が待っている間、岩山と花井の部屋からは隣どうしで冗談口をききあうのや、歌をうたっている声が間遠にきこえて、僕はもうこんなところへ金輪際足ぶみするものかと思った。

やがて窓が明るくなるにつれて、油でかためた女の髪には薄く、ほこりのようなものがたまっているのが見えた。彼女は、ふとんの端から半分体を落しそうになったまま、真直になって眠っていた。それは、さすがに僕の眼にも、あわれなものに映った。いつの間に寝入ったものか、翌朝僕が眼をさますと、皆は君太郎の部屋にあつまって茶をのんでいた。

その「ほんべや」というのにこんどは泊ってくれと、僕は前々から彼女にたのまれていたが、それには倍以上の料金がいるので、まだ行ったことがなかった。

テーブルの上には、鉢に入れた煮豆や漬物が並んでいた。朝になると廓の中をリヤカーに積んで流して歩く商人から買ったものだろう。……しかし、それはいかにも塵《ちり》っぽく、机の上いっぱいに沢山並んでいるだけ、なおさびしい感じがした。

誰もがその煮豆にあまり手を出さないのを見ると、君太郎は下へ行って今度は桃を一と箱買ってきた。そして皆に箱をまわして一個ずつとらせた。それは一つ一つ薄紙につつまれて、きっと彼女の懐中をかなり傷《いた》めたものにちがいないのだが、まだ固くて爪《つめ》を立てても皮をむくことが出来なかった。面倒になって、そのまま嚙《か》みつくとガリッと歯にこたえて、その拍子に胃袋から酸っぱいものがこみ上げてきたので僕はやめた。……結局、その一箱の桃の大半は岩山と花井が平げた。彼等が一個食べおわるかおわらないうちに、君太郎はまた一個とらせて、熱心にすすめ、彼等と僕の顔を見くらべながら彼女自身も一個も食べないでしまった。

高原での生活は予想に反してつまらないものにおわった。三人共同の創作もうまくすすまず、結局そのことからは、おたがいに自身の自我をみとめ合っただけで、一所に住まうことさえ各人の気が散ってむずかしくなった。僕は毎日毎日が、ただダルかった。温泉プールで花井と競泳したり、たまに庭に出て相撲をとったりするほかは、朝夕、うらの谷間の林からわき起って、数万か数十万かの蟬《せみ》が一せいに一時間ぐらいにわたって鳴きつづけるのに、ぼんやり耳をかたむけたりした。

そんな風にして一週間ばかりたって、ある朝、僕は自分が悪い病気にかかっていることを発見して、そのまま自分一人だけ東京の家へ引き上げた。

その日から一年間ばかり、僕はM楼ばかりではなく一切悪所へ足を踏み入れることはやめてしまった。病気はちょうどいい免罪符だった。だから病気にはむしろ感謝してもいいはずだったし、そのことについては君太郎にあるなつかしさしか感じなかった。それよりも旅行の前日の憂鬱《ゆううつ》な一晩がどうしても忘れられなかったのである。

……考えてみれば、あの日の前までに、もう僕は君太郎にふれ合って得るよろこびの全部を味わいつくしていたにちがいない。

それ以来、僕はひどく年とったつもりになって、遠縁にあたる家の女子学生の娘といっしょに芝居を見に行ったり、トランプをしたりして遊び、それを自分が中老の人の少女趣味をおぼえたためだと思っていた。実際は、それこそ僕に似合いの年齢の遊び相手だったにちがいないのだが……。学校へはあいかわらず中途半端な通い方をして、その年の学年末には落第したりした。しかし学校そのものは、まったく徴兵延期の機関に化してしまったようなものだったから、先の学年にすすもうと遅れようと、何の変りもなかった。僕は大抵の学課よりも軍事教練の方が好きになった。

秋の試験休みがおわって、後期の授業がはじまったばかりのときだった。新聞に大きく文科系の学生の徴兵延期の特典が取り消しになったことが出た。

二月のちに大半の学生が召集されるとわかってからは、毎日がお祭り騒ぎだった。野球の試合や酒場喫茶店の出入や、その他、戦争中の理由で学生に禁止されていたものが全部、一ぺんに復活した。……クラスのほとんど全員がこの一時的な自由を得て、無暗に元気づいたり、ヒステリックになったりした。いままで僕らを白眼視していた連中が急に親しげに近づいてきたかと思うと、「名所案内」をたのまれるのであった。

また、それまで怠けていたのに急に本を沢山買いこんだりして殊勝な心を起す者もいた。花井潤平は家にこもって入営の日までに二千枚の長篇を書き上げるはずであった。そんな差しせまった日のなかで、ある午後、僕は何かの用で学校にのこり、ひと気のない教室の机の上で日向ボッコしているとき、まったく不意に、髪油と白粉《おしろい》の臭《にお》いを想《おも》い出した。……僕には、そのころのひどく芝居じみてくる毎日が、何のことだかわけがわからなくなっていた。日常茶飯のことまでが一つ一つ外側からドラマチックにきめられて行くようで、その実、僕ら自身は何をやったらいいのかサッパリ見当がつかなかった。それで、何でそんなことを不意に想い出すのか考えてもみずに、出掛けて行ったのだ。

廓《くるわ》の中の雑踏を歩きながら僕は何かでくすぐられているような心持だった。それは本当にはじめて見るほどの人混みで、歩いているだけで酔ったような気分にさせられるようだった。

ひとつM楼の前をユックリとおってやろう。想い出をたしかめるのはよいことだ。たった一年前のことが、ひどくへだたった昔のように想われて、僕は感傷的になりながら、そんなことをボンヤリ考えたり、また、もしまだ君太郎がいるようならもう一度あの家へ上ってみるのもいいんだが、いるかいないかを番頭にきくのは恥ずかしいだろう、と思ったりした。……しかし、実際のところ、僕は何の考えもなしに歩いていたと云うことも出来る。というのは当のM楼の前に自分がさしかかっていたのに僕はすこしも気がつかず、ただ人混みの進む方へ機械的に足を運ぼうとしていたのだ。

その時だった。不意に僕の眼に彼女の顔がうつった。彼女は例の小学生の書初めのようなビラの壁の横で、二三人の朋輩《ほうばい》といっしょに立っていた。その姿はひときわ大きかった。(やっぱり、あいつはデブなんだな)そう思った瞬間、彼女の大きく見ひらかれている眼がこっちを向いた。僕は反射的に身をかくした。

どうしたことだろう？　その一瞬で僕の心は逆転してしまった。彼女の眼がそんなに喰い入るように、こっちを見たせいだろうか。……僕は自分でもわからなかった、何だって人混みの中へかくれる必要があるのだ。恥ずかしいからか？　そうでもない。ただイヤなのか？　そうかもわからない。……しかし、そんな風に動揺している僕の心に決定的な打撃をあたえる事が起った。君太郎は僕の名を呼んだ。

「……さあん」

それは絶叫というにふさわしい呼び方だった、しかも東北のナマリの、あの特色のある稚拙な節をつけて……。僕は耳をふさいで駈け出した。まるで津波に追われる人が、うしろから救いをもとめて呼ぶ声を、ふり切って逃げるような心持だった。

あのとき一体、自分が何に脅えてあんなに逃げ腰になったのか、僕は思い出してときどき、われながら不審におもう。どうせ彼女は廓《くるわ》にとらえられている人間だ。僕が兵営から逃げられなかったように、彼女だって外へ飛び出してまで僕を追いかけてこられるはずがない。……しかし、おそらく問題はそんなことではないだろう。僕はそれと気がつかずに何か彼女に顔向けの出来ないようなことでもしていたのだろうか？それもよくはわからない。……ただ、いつか、せっかく彼女がふるまってくれた心づくしのものを、一つも食べられなかったことだけは後まで何となく気がかりだった。

それから一年半ばかりたって僕は復員して、もう一度その廓のあたりを歩いたことがある。そのときは明らかに、もしやにひかされて、彼女の姿をもとめてきたのだ。兵営生活の中で、まったく接することのできなかった「やさしさ」を僕は他のどこに求めてよいかわからなかった。

そこには勿論《もちろん》、赤茶けた土と焼けトタンと瓦《かわら》の山があるばかりだった。見わたすかぎり平坦になって、あの道路も、気がかりな町の名をしるした門も、どこへ消えたのかわからなかった。ただ一つ、三階か四階建のビルディングが細長く立っていて、あとできくとそれは吉原病院というのだった。

青葉しげれる

ことし、また落第ときまった。何とも奇妙な心持だった。

その朝、順太郎は眼をさましたまま寝床の中で、女中がいつになく階段を軽く拍子をとるような足どりで上ってくるのを聞いていた。何かを期待させる足音なのだ。

鼻の先きが、いつもそこだけ蒸したように赤くなってブツブツと毛孔《けあな》の見えることは目ざわりだが、それさえ我慢すればまるで見られないという顔つきではない。二重になった小さなあご、撫《な》で肩の細くてすんなりした頸《くび》、それにときどき意地悪そうに光る細い吊《つ》り上った眼……。順太郎は、そんなものがいまにも自分の寝床の中にころがりこんでくるのを期待するような気持で、眼をとじたまま枕《まくら》もとの襖《ふすま》があくのを待っていた。

あいつが万が一にも自分の方から僕の寝床へ入ってくる、そんなことがあるものか……。

いやいや、そういうことがないときまったわけじゃない。現に、こうして、こんなに朝早く、僕一人しかいない二階へやってくるのは、彼女がそうしたいと思っているからじゃないのか。そんなことを心の中でつぶやきかえしながら、彼はいまにも女中が段梯子《だんばしご》の中途で思いとどまって、そのまま引き返して行きはしないかという危惧《きぐ》にせめたてられていた。しかし足音は階段を上りきったところで止った。襖がしずかにひらかれた。彼は目をつむったまま、どうすれば最も自然な恰好《かっこう》で眠入ったそぶりが出来るだろうかと考えた。そうするのが、いちばん都合のいい受け入れ態勢だと信じながら……。

しかし、ついに我慢できずに眼をあけた。襖のかげから半分のぞかせた女中の顔が笑っている。相変らず、赤い鼻だ、そう思ったとき彼女は云った。

「ぼっちゃん、お手紙です」

速達の印のついたハガキだった。発信はZ大学予科事務局とある。

彼はもう一度、夢から醒《さ》めた気がした。と同時に、尖《とが》った屋根のある黄色っぽい校舎が頭にうかんだ。

受験番号第一二九八九番　阿倍順太郎

右者、本学予科入学志望者選抜試験ノ結果、
不合格
ト決定候間、右御通知候ナリ

しばらくの間、彼は紫色のインクで押された「不合格」というスタンプの字を、意味もなくながめていた。彼は、まだ自分が眠ったたまま、何かしら信じがたいことを夢みているつもりだった。しかし、もう一度、トントンと女中の階段を下りて行く足音に、はじめてハッキリと眼がさめていることがわかった。

階段の下の口にある嵌殺《はめごろ》しのガラス窓から、朝の日ざしが真直ぐに流れこんできている。……外は、もうすっかり春なのだ。そして自分は、またことしも落第した。ここ数年来の習慣で、順太郎の心に「春」と「落第」とは切りはなせないものになっていたのだ。

彼は便所に行くために下へおりた。日向《ひなた》の縁側には、植木のこずえをくぐってくる光りがいっぱいだ。まるで笑っている女のえくぼのような斑点《はんてん》を、障子の上におどらせている。すると彼は、たちまちのうちに、さっき女中が襖のかげから見せた笑顔の意味を了解した。――あいつはハガキを読みやがったんだ。それで、僕がどんな顔を

するか見るために、わざわざ枕もとまでやってきたにちがいない。

順太郎は放尿《ほうにょう》しながら、白眼がちの女中の眼を想《おも》いうかべて、そう思った。そして、ふと思いついたように股《また》をのぞきこみながら、さすがに今日は立っていないな、とツブやいた。

たしかに、これまで毎朝彼を悩ませていた現象——寝床をぬけだして便所へ行くまでの間、寝間着をひっぱったり、ちょっと裾《すそ》を持ち上げたりしてカムフラージュしなくてはならないあの現象——が、けさにかぎって起らなかった。ということは、やっぱり自分は落第の通知でショックをうけたことになるのだろうか？　それにしては、悲しいとか、つらいとか、そんな気持はすこしもないのだが……。これは昨年も、一昨年も、一昨々年も、同じことがつづいたからだろうか。そうかもしれない。どんな不思議なことや苦しいことにだって、慣れないということはないものだ。だが問題は、このことをどうやって、おふくろに知らせるかということだ。毎年の例だが、おふくろはきっと泣いたり、ドナったり、あげくのはては引っ掻《か》いたり、つねったり、まるで女学生の喧嘩《けんか》のようなことまでする。どうせ女の力だから、どんなことをされたって、たいして痛くもないし、よけられないこともないのだが、他人にこんなところを見られたらと思うと、それが恥ずかしくてたまらない。ことに女中が、ぼくよりも先にあの通知を見てしまったことを考えると、その具合の悪さはなおさらだ！　さいわい朝寝の性分の母親は、まだ起きていなかった。それで、足音をしのばせながら寝間に近づいて障子の合せ目に、こっそりハガキを差しこんで、そのまま散歩に出掛けることにする。

しかし、この逃避的な散歩は、すこしも順太郎を愉《たの》しませなかった。なんでもないと思っていたのに、いざ家を出ると、何を見てもあのムラサキ色の「不合格」のハンコが眼にちらついてしまうのだ。うつむいて地面ばかり見て歩いても、不合格と自分のひたいや脳味噌にペタリと判が押されていて、それがもはや一生涯、自分につきまとってきそうに思われてくる。で、しかたなく早々に家へ引きあげた。

帰ってみると、母親は起きて朝食の膳《ぜん》の前に坐っていた。でっぷりと肥《ふと》って、まるで縦より横の方が広く見えそうな軀《からだ》が、けさはそれほどでもないのはどうしたわけだろう？　緊張すると人間の軀は小さく見えるのだろうか。——順太郎は玄関に入りしな、縁側のガラス戸をとおして、ちらりと茶の間をのぞきながら、そう思った。

「お母さん、ハガキ、見た？」

「ああ、見ましたよ。どうせお前は怠けているから、こんなことになるだろうと思ってました」

母親は、意外にアッサリそう答えると、ゆっくり朝飯を食べおわって、居間へ行くと大きな声で謡《うた》いをうたいだした。

彼女も、ついにいまはアキらめるということを知ったのかもしれない。おふくろは若いころ読んだ内藤千代とかいう人の「くげぬま物語」という小説に出てくる一高の生徒のことが忘れられず、軍人の父と結婚させられたことを悲しむあまり、生れた子供の順太郎を、かならず一高へ行かせよう、それがダメならせめて、どこでもいい、帽子に白線を巻いた高等学校へ行かせよう、と念願した。……そのヤミクモの希望はヤミクモなだけに、しまつにおえない強いものだったのだが。

だが安心するには、やっぱり早すぎた。天災は忘れたころにやってくると云うが、午後になって、ひょっこり洋服屋がやってきたのだ。……この中国生れの服屋のおやじは、黄色い顔に汗をうかべてニコニコ笑いながら、この間のZ大第一次試験の合格発表のあとで注文した制服をもってきたのだ。しかし、これが順太郎と母親とに共通した一つの気が早すぎるといわれるだろう。

気質なのだ――。

順太郎は最初のとし、四国の温泉のある土地の高等学校をうけた。このときは試しだったから、帰りには大阪の親戚《しんせき》へ泊って宝塚をみてきた。次のとしは、いくらか真剣だったから一層入学のやさしいという評判の、もうすこし南の方へ出掛けた。これは試験の前日、いっしょに行ったHという男とウッカリ入った店が、じつは特種のカフェーであったために失敗した。となりに坐った白いカッポウ着の女給が、下に何も着ていないとは思い掛けないことだった。馬鹿にされたくないという一心で、二人は「リンゴ・シャンパン」という酒をしたたか飲まされてしまったのだ。それで、翌年は方角を変えて東北の雪にうずもれた学校を目指したが、前年の失敗にこりて試験のすむまで宿屋から一歩もよそへ出なかったのに、やはり落ちた。自分では、このときはどの学科もかなりの点数がとれたつもりだったのだが……。このとしまでは官立の高等学校しか受けなかった。しかし、こんどはもうそんなことは云っていられなくなった。徴兵検査の適齢期がやってきてしまったからだ。おかげで順太郎は、もうそれほど勉強をする必要はない、どこの学校でも入れるところへ行けばいい、そう思って受けたのがZ大の予科だったのだ。

Z大の第一次試験の発表のあった日は、まだ官立の高校の結果はわかっていなかった。それで順太郎の母親は、悪い方に占っておけば間違いないという気持から、あわてて出入りの洋服屋に、そろそろなくなりかけている純毛の布地で、Z大の制服を注文してしまったのだ。

「いや、どうも、すっかり温かくなりまして……」

洋服屋は、玄関の式台に立ったまま黙って眼をすえている母親の顔に、たじろぎながら云った。洋服屋は何が原因で、こうまで恐ろしい顔でニラみつけられるのやらわからず、黄色い顔をシワだらけにして笑いながら、

「これは、つまらんもんですが、坊ちゃんのお祝いとおもいまして」と、洋服の箱にそえて何やら小さな紙包みを差し出した。

母親は、あいかわらず黙ったままだった。あたりの空気は、すっかり凍りついてしまった。中国人の洋服屋は、やり場のなくなった眼をキョトキョトさせるうちに、タタキのすみの傘立の中に、ほこりまみれになって立てかけてあるサーベルを発見すると、恐怖の色を顔一面にうかびあがらせて、受けとった勘定をふところにしまいこむやいなや、あっという間に立ち去った。

「順太郎」

母親は、洋服屋が門を出るか出ないうちに、ヒステリックな声を上げた。

「そこへ坐ってごらん。きちんと坐ってごらんなさい」

またはじまった。一昨々年以来、四度目の年中行事である。

「お前はいったい、どうする気だえ。お父さんは戦地だし、お母さんもこれからいつまで生きられるわけじゃなし、そうなったらお前は、どうやって食べて行くつもりだね。いっそ兵隊さんになりますか?」

しかし、おふくろはここまで云いかけて、やめてしまった。うかつな母親は、脅し文句やイヤがらせではなしに、せがれがいよいよ本物の兵隊にならなければならない年が実際に来てしまったことに、いまやっと気がついたからだ。

「どうするんだえ、ほんとうに」と、こんどは慄《ふる》える声でたたみかけてきた。……息子が兵隊になる、いつまでもとしをとらない性分だと云われている彼女にとって、これは二重の意味で承服しがたいことだった。本当にあたしは兵隊にとられるような息子の母親だろうか? それに、どんなに口汚くののしっても、彼女はこころの底では自分の亭主である順吉にくらべれば一人息子の順太郎は、はるかにマシな人間だと思っていた。しかるに、その順太郎がただの一ツ星の兵隊として、大佐である夫順吉の奴隷《どれい》のような位置におかれるとは、どうしても腑《ふ》に落ちない気がするのだった。

「とにかく、しっかりしておくれよ。じょう談ごとじゃないんだからね」

不安と怒りとイラ立たしさを、自分自身で慰めるために、母親はそういうより仕方がなかった。しかし、何を云われても首をうなだれてウナずいてばかりいる息子の姿をみると、またたまりかねたように、

「おお、おお、本当にイヤだ。お前の顔は一年ごとに、お父さんに似てくるじゃないか。……それでも、お父さんは、あれで一生懸命勉強するときには勉強した。お前ときたら、悪いところばっかり似てしまって」

息子はいよいよ、うなだれた。そうしないと、青白く水ぶくれのように肥った母親の体の内側から、ある種の眼に見えない燐光《りんこう》のようなものが発射されて、それが肌にヒリヒリと突き刺さってくるのを感じるからだ。

何はともあれ、一応徴集延期の特典をもった学校に籍だけでも置く必要があった。そういう便宜をはかってくれることで受験生の間に知られている学校がいくつかあったが、時局の逼迫《ひっぱく》とともに、入学その他の手続きがひどく難しくなっているという話だった。

順太郎は、外濠《そとぼり》の濠端にある理数科学校へ行ってみた。

濠端の土堤の桜は満開だった。ボートが点々と浮んで、土色の濠の水はキラキラ光っている。学校は、その対岸の電車通りに面してひっそりと、まるで秘密結社か衰微した政治団体をおもわせる陰気さでたっていた。地下の受付事務所の階段を下りて行くと、ひと目で落第した受験生だとわかる黒いマントや傷《いた》んだ詰襟服を着た連中が、かわるがわる小さな窓口のそばへよって、顔をその中につっこみそうにしながら、何か話しこんでいる。順太郎が四五人つながった列の後から窓に近づこうとしているときだった。

「おい」

と、横から肩を叩《たた》かれて振り向くと、山田だった。細面《ほそおもて》の目立って大きな鼻に度の強い近眼鏡をかけたこの男とは、予備校の教室で去年いっぱい一しょだったが、これまで声を掛けあったことがない。

「何だ、君もか」

順太郎は思わず声をはずませて云った。すると山田は一瞬、分厚いレンズの底からジロリと冷たい視線を順太郎の顔に向けると、

「どうせ人間、いったんチャンスをつかみそこねたら、味噌もクソもいっしょくただからなア」

と、声はたてず喉《のど》のおくだけで笑う妙な笑い方をした。

順太郎は、この男がいつも教室の最後列で長い頸《くび》をつっ立てるようにのばして、あたりをグルリと眺めまわすクセがあったのを憶《おも》い出した。

——いやな野郎だ、と順太郎は思ったが、言葉は心とは逆に、

「君はたしか、去年も一高を二次で振られているんだろう?」と、おもねるようなことを云ってしまった。

「いや、一高じゃない。都落ちして三高さ。あの男もいっしょだ」

山田はそう云うと、大きな鼻の先端で部屋の一角を指し示した。見ると、高木がコンクリートの床の上にしゃがみこんで一人、新聞を大きくひろげて読んでいる。

順太郎は、この男とも予備校の同じ教室で顔を合せていたが話したことは一度もない。いつも四角い長いアゴを服の胸もとへつっこむような恰好《かっこう》に俯向《うつむ》けて、沈鬱《ちんうつ》そのものの顔つきだ。

「へえ、高木がね。あいつも落ちたのかい?」

順太郎は、ただ言葉の調子を合せるためにそう云った。すると山田は、

「入学の手続きなら、高木にたのめ。おれはもうすませたんだ。あいつは浪人四年目だからな、ここの学校も二年生というわけだ」

「道理で。いやに悠然としていると思った」

「ばか、笑うやつがあるか。彼は本当は秀才だぞ。中学は一年から五年まで首席で、開校以来の英才でとおっているそうだ。……だから、あいつの郷里じゃ、みんな彼を帝大の学生だと思っているらしい」と、山田は口を結んで、首を振りながらひとりでウナずくそぶりをした。なるほどそういえば、ことしのはじめ、みんなが高校の願書をとりよせているとき、高木はZ大の学部の願書をひろげているのを想《おも》い出したが、山田のはなしで合点が行った。

　順太郎は云われたとおり、高木から知り合いの事務員をつうじて、簡単に手続きをとることができた。持ってきた写真を用紙に貼《は》りつけ、判を押してもらうと、学生証が出来上る。それをポケットにおさめると、不思議に気分が落ちついてきた。——どこであろうと学校は学校じゃないか、という気になる。

「どうだ、これから三人で、メシでも食おうじゃないか」という山田の提案に、順太郎は即座に応じて、地下の事務室を引き上げた。

　空は晴れて青い。日射《ひざ》しがむんむんするようだ。並んで歩く三人の服から、それぞれ違った臭《にお》いがする。

なかでひときわ目立つのは高木の服だ。ながねんの垢《あか》が固りついて紺ともムラサキとも茶とも云いようのない奇妙ないろあいに変色した上衣《うわぎ》は、裾《すそ》がつんつるてんに撥《は》ね上って、そのぶんだけ前の方にだらりと垂れ下っているし、ズボンのお尻《しり》はすっかり摩滅して、上から貼りつけた色変りの布が、まるでフイゴの蓋《ふた》のように、一歩あるくたびにパクパク閉じたり開いたりしているのだ。山田の服装は、どことなく宣教師に似ていた。黒い詰襟はみんなと同じだが、カラーが特別窮屈そうにその長い頸に巻きついて、胴体が函《はこ》みたいに真四角だからだろうか。……順太郎は、しかし二人のどの服でも自分のよりはマシなものに思えた。彼が着ているのは、れいの仕立て下ろしのやつなのだ。Z大の紋章つきのボタンをはずして中学生のにかえ、帽子に予備校の記章のついたのをかぶっている。これが手持ちの布地で最高のものだと洋服屋が自慢しただけあって、前に着ていた紺ヘルのにくらべると、おかしなぐらい軽くて体にぴったりはしていたが、着心地がいいとは云えなかった。ぐにゃぐにゃして、足もとに巻きつくようで、なんとなく体がシャンとしない感じだ。新しい布地に特有のにおいが軀をうごかすたびに鼻について、それが彼に母親の軽率さを憶い出させた。あるときは姉のように、あるときは友達のように、恋人のように、振舞いたがっている、あの母親をだ。すると、どういうわけか彼はたちまち、水の中に沈んだものを覗《のぞ》きこむような心持がして、体をすっぽり暗くべとべとしたものに包まれてしまった気になる。

順太郎は、こうして友達といっしょにいるときのおれは、家にいるときのおれとは何と異っていることだろう、とおもう。ちょうど温かいにはちがいないが肩に重くのしかかってくる外套《がいとう》をぱっと脱ぎすてたような感じだ。

三人は濠端の土堤にそって道を歩いた。向うからも三四人、同じ年ごろの女の子たちがつれだってやってくる。濠をはさんで理数科学校と向かいあわせにある花嫁学校の家庭学院の生徒たちだ。

「おい、この近所じゃ、おれたちのことを何と云ってるか知ってるか?」と、山田が他の二人を振りかえりながら云った。

「知らないね」

「『家庭学院はお堀の花壇、理数科学校はゴミ溜《ため》』だってさ」

「へーえ、花壇にしちゃ、はえない花だな」

そう云っている間に、宝塚の女優をまねしたミドリ色の袴《はかま》や、ニンジン色のストッキングをはいた娘たちは、冷たい香水と温かそうな体臭の入り混ったにおいをふりまきながら、すれちがって行ってしまう。

「ちえッ、田舎もののくせにスカしてやがらア」

山田は、もう一度振りかえって云うと、

「おれ、イイナズケがあったんだぜ、いまカトリックの聖女学院に行っている。……だけど、ゆうべ手紙で破約を申しこんでやった。おれが大学を卒業するまで待たせるのは可哀《かわい》そうだからな」

「ほう」

順太郎はアイヅチを打ちながら、どうやらこの男には自分よりずっと幼稚な一面があるらしいと思った。教室ではあんなに高慢そうに鼻をツンと立てて、ひとを寄せつけないような顔をしていたくせに、きょうはまたこちらが訊《き》きもしないことまでしゃべる。彼の父親は工学博士でS重工の重役であること、兄は海軍の技術中尉で、姉の婿《むこ》は造船所の技師で、父親は一家を上げてエンジニヤに仕立てることをもくろんでいること、「だから親じは、おれが何年浪人しても工科へ行かなければ承知しないのさ。だが、もう親じの云うことをきくのは、つくづくイヤになったから、来年は文科にするよ。もっとも、おれは機械は好きなんだがね。機械は正直でウソを吐かないから」などと。

山田にくらべると高木は、ぐっと重厚な人間に見えた。いっしょに歩きながら、うつ向いたままほとんど無言で、山田の話にも、「おう」とか「そう」とか、間投詞のようなアイヅチを発するだけだが、冷淡な感じはしない。山田もこの男には一目置いているらしく、間投詞的返答が聞えるたびに、ふと立ちどまって話しやめる。すると高木はテレたような笑いをみせながら、いま発した間投詞さえも否定する顔つきになる。と、山田は安心して、またイイナズケの学校や父親の事業についてなど、聞いている者とは全く無縁なことを熱心に話しだす、といった具合だ。

ブラブラ歩くうちに神田へ出た。古本屋や洋服屋の前をとおると、新しい白線を巻いた帽子をかぶった連中がいやに目立つが、一二年前とちがって別段うらやましくもないし、ひけめも感じない。中学生の服に帽子だけ高校のをかぶって、オマジナイのように腰に手拭《てぬぐい》を下げている姿は、やはり滑稽《こっけい》だと思うより仕方がなかった。

裏通りには喫茶店がならんでいる。この方は私大の学生でいっぱいだ。ジャズのレコードをヴォリュームをいっぱいに上げて聞かせている。戸口には、その店で一番綺《き》麗《れい》な子が立って、客寄せの役をつとめる。

……。ハート型に塗った唇、もの思わしげな眼つき、ぴったり腰にひっついたスカート……。どの店にも、そんな風な女が、うす暗いガラス戸の向うがわから、こちらを見つめているようだ。高木が突然、一軒の店の前で足をとめて云った。

「ここ、はいらんか?」

山田と順太郎は、顔を見合せた。高木が意思表示らしいものを行ったのは、これがはじめてだったからだ。おまけに店のつくりや雰囲気も、およそ高木の人となりとは縁がなさそうだ。……だが順太郎は、ふと異様なほどかがやいている高木の眼が戸口の女にそそがれているのをみて云った。

「面白い。はいろうよ」

山田はむしろアッ気にとられた顔つきだったが、順太郎までが同調するので、不満そうに顔をふくらませながら、ついてきた。

店の中は、暗くてタバコの煙がいっぱいだった。山田は、ブドウ酒をうんと薄めて砂糖を入れたポートラップとかいう飲み物を注文した。順太郎も同じものにした。

「高木、君は?」と、山田はそばに立っているウエイトレスの手前、気をきかせて訊いた。すると高木は、長い顔を赤らめて俯向きながら云った。

「そうだな、シナソバみたいなものが」

高木の言葉がおわらないうちに、山田はみるみる狼狽《ろうばい》して云った。

「馬鹿、ここにはシナソバなんかないぞ。腹がへっているならサンドイッチでも食え」

店の女が笑ったので、山田はますます興奮した。

「出ようじゃないか、こんなところ」

「まアいいじゃないか。ポートラップを飲んでからにしようよ」

順太郎は、山田をなだめてそう云いながら、考えると、いったい高木がどうしてこの店へ入ろうと云い出したのかわからなくなってきた。——高木は山田がイヤがるのを知ってカラカウつもりだったのだろうか、それとも一度も来たことのないこんな店に理由もなしに不意に入りたくなってしまったのだろうか。

戸口の女は、やっぱり余念なく外を見張っていた。……外のとおりは日が当っているので、暗い室内からだと通行人の目のうごきまでハッキリと見える。戸口の女は目が合うと間髪をいれず、サッと扉をひき、客となった男が戸口のそばまできたときには、店の女がいっせいに、

「いらっしゃい」と、大きな声をはり上げる。

順太郎は見るともなしに、そんな光景をながめていた。十分間に一人ぐらいの割合で客が入ってくる。ジャズのリズムに合せて体をふりながら入ってくるもの、肩をいからせて役者気取りにゆったりとやってくるもの、戸口をまたいでくるときのポーズは、見られているという意識で、それぞれ一種の緊張をあらわしているが、いったん

店の椅子《いす》に腰を落ちつけると、もう誰からもかまわれないでみんな一様にムナしくポートラップのストローをくわえさせられてしまう。戸口の女を抱いたり、手を握ったりすることは勿論《もちろん》、声を掛けて話しかけることさえ出来ない。

……見ているうちに順太郎は、ふと鼻の赤いことを我慢すれば、小さくとがったアゴや、白眼がちの眼が可愛《かわい》くないことはない女中の顔を想い出した。しかし彼女が「不合格」のハガキを枕《まくら》もとへもってきたことと思い合せると、まわり中のまるで監禁されたような客と同じ罠《わな》に自分も陥ち入っていると考えないわけには行かなかった。いったんそう思って見まわすと、怪しげな飲みものを半分ほど飲みのこしたまま、まわりのものをよせつけまいと長い頸をまっすぐに立てて眼玉を中空にはなっている山田や、頭をかかえこんで面を伏せたまま上げようとしない高木の顔が、不幸そのもののように見えてきた。

予備校も新学期がはじまった。

順太郎は去年一年、無遅刻無欠席で、この予備校から表彰をうけていたが、これは彼が勤勉だったという証拠には勿論ならない。それほど、おくてで、単純な怠けものだったということだ。事実、彼は遊ぶということをほとんど知らない。兄弟がなくて、幼時から母親とばかりくらしたせいか、野球のルールも知らないし、詰将棋もできない。それかといって女の子といっしょに、ママごとやオハジキをする気にもなれなかったから、つまり何もせずに、たまに母親につれられてミツ豆でも食べに行くのを無上のよろこびと心得ていたわけだ。だから道徳的にはそだたなかったが、「不良」にはなりようがなかった。……しかし、そういう生活がだんだんと耐えられないものになってきていた。

さいわい母親はマメな方ではなかったから、一日じゅう付きまとって箸《はし》の上げ下ろしに文句を云われるということはなかったが、それでも顔を合せているだけで重苦しい気がする。「勉強しろ」とは云わないかわり、グチはよくこぼす。「お前も学校へ行くようになるまでは、本当に頭のいい、可愛らしい子だったんだがねえ」

いったんこれがはじまると、赤ん坊のときよく乳をのんだことから、幼稚園を優秀な成績で卒業したことまで、キリもなくつづいて語りつくすということがない。子供のときの話でなければ、嫁さんさがしのことだ。もっともこの方は落第が重なったので、あまり云わなくなった。……それに、これはあんまり云いたくないことだが、母親は着物のきこなしが良くない方だ。胸や裾を平気でひろげて何時間でもいる。夏なんかは特にそうだ。見慣れていれば何でもないことだといえばそうだが、子供のとき母親といっしょにお風呂に入ったような具合には行かない。

とにかく、そんなことで家にいるよりは学校で友達といっしょにいる方が、まだマシなところがあった。予備校には予習も復習もいらないし、学校自体には落第の制度もない。罰則もないし、教練もない。それに模範生だの級長だのというものもないから、したがって教師に無闇《むやみ》にオベッカを使う者もいない。

ところで、ことしはその予備校へ行く愉《たの》しみがふえた。山田と高木がいるからだ。去るものは日々にウトしというが、その反対で、取り残されたこの三人は、おたがいに気心が合おうが合うまいが、つねに行動をともにしていないと淋しくてやりきれない。

つきあってみると山田も高木も、なかなか愉快な男だ。二人とも、このごろは文学に凝っている。凝っているとは、おかしな云い方だが、すくなくとも山田の場合は、そうとでも云うより仕方のない状態だ。

「君、君のお父さんには悪いが、この戦争は日本が必ず敗けるよ。そうなったらもう工科なんかやったって、しようがない。文化すなわち文科の世の中だよ」

そんなことを云って、芝居だの音楽会だののキップをやたらに買いこみ、毎日のように公会堂だの展覧会だのへ出掛けている。そうかと思うとまた、

「日本にはまだ国際的文化大学というのがないね。世界各国の学生が集って、おたがいの国の固有の文化や宗教を教えあう……。亀見雄助氏は親じの友達だから、こんど亀見氏に話して、そういう大学を作らせようと思うよ。もし出来たら、諸君に優先的に入学させるから、第一回の卒業生になれるよう大いに努力してくれ」

などと途方もないことを、大真面目《おおまじめ》に主張したりする。

高木の方は、これにくらべるとずっと本物の文学青年くさかった。ノートにぎっしり小説や詩のようなものを書いていたが、「日本語はもう信じられない」とか云って、自分で考案した擬音符の詩をつくっていた。しかし高木が順太郎たちを驚かせたのは、彼が女を知っていたことだ。何気なく田舎にいたころのことを話しながら彼は、まったく何気なくそのことにふれた。そして、そのときから高木は、山田や順太郎にとって自分たちとは別個の人格をもった一段高いところに位置する存在になった。

しかし、考えてみればこれは不思議なことだ。順太郎の知っている男の中で、女を経験したことのあるものは高木だけではない。小学生のころ出入りの洗濯屋の小僧から、あのことを聞かされたときは、すこしも面白くないどころか、胸が悪くなった。

もっと大きくなって中学生時代の同級生にだって、同じ経験をもつ者がいたが、その男を不幸だとこそ思え、決して羨《うらや》んだりする気にはなれなかった。それが高木の場合にかぎって、なにか偉大な空恐ろしげなものを秘めた人間にみえはじめたのは、どういうわけだろう？　年齢的にみて自分がいま「あのこと」をもっとも欲している時期に達したからだろうか？　そうかもしれない。しかし子供のころから、あれには興味がなかったかというと、そうではないのだからこれだけでは充分な説明にはならない。それに、もう一つへんなのは、高木が神田の喫茶店であんなにマゴついていたことだ。これまで順太郎は自分が無闇に恥ずかしがったり、人の前へ出てオドオドするのは童貞のせいだとばかり思っていた。物の本にもそう書いてあったようだし、自分でも何となくそう信じこんでいた。ところが高木はあんなに顔を赤くして俯向《うつむ》いてばかりいたのはどういうわけだ？　あのことと羞恥心《しゅうち》とは無関係なのだろうか？

いつの間にか桜も散った。例年このころになると母親も落第についてのグチをこぼさなくなる。彼女にとって息子の落第は一時の不愉快なる現象なのである。したがって順太郎も一と息つくことができる。それで順太郎は、桜の花はウットウしいが、若葉の出そろうときは美しいと思っているのである。

実際彼は浪人して以来、季節のうつりかわりに敏感になった、というのも浪人には毎年毎年きまりきった生活しかないからかもしれない。一昨年も、昨年も、そして今年も、彼は同じ問題集、同じ教科書で、同じように苦しみ、そしてなお前途にはつねに変らぬ絶望的なものが横たわっているのである。ただ問題集の手摺《てず》れがだんだんヒドくなり、教科書のアンダーラインがふえて行くというだけだ。彼は、試験について、こう思った。——何ごとも一回でスッとやりおおせる人間と、失敗しないと何も出来ない人間とがいる、失敗する人間はどんなやさしいことにも失敗し、それが事をはじめる準備行動だと思っているが、入学試験は決してそういう失敗を許さない。だから、おれは三年間浪人しても、同じ軌道をグルグル回っているだけで、決して中心点には到達する見込がないんだ、と。

しかし、そういうことを別にして、ことしは異変が起りつつあった。

従妹《いとこ》の杏子が遊びにやってきた。

彼女は順太郎の家庭教師だった男と最近婚約しようとしている。母親が仲人《なこうど》という恰好《かっこう》だ。母親は前にも一度、杏子のために見合いの世話をした。話にきくとゲーリー・クーパーにそっくりの男だということだった。それ以来、順太郎はゲーリー・クーパーの写真をみると嫉妬《しっと》ともつかぬ奇妙なイラ立たしさに駆られた。それは何かの理由で立ち消えになったが、こんどの場合は着々と成功しつつあるらしい。母親が、いちいちそのことを順太郎に報告する。このところ、それが彼女にとって唯一《ゆいいつ》の情熱のハケ口である。

「お前、どう思う？　吉野さんの方は、どうやら気に入っているらしいよ。『眼が好いですねえ』なんて云ってたからね、ふふふ」

母親はそんなことを、一種の遠慮とそれを裏返しにしたイヤガラセで、順太郎に訊《き》く。

「そうね、ぼくもこれはウマく行くと思うなア」

順太郎は心の動揺を見られはしまいかということが気にかかって、顔をそむけながら、そう答える。すると母親は、また慰めともイヤ味ともとれる口調で云う。

「そうかね。杏子の家じゃ、お前と杏子がちょうど好い対手《あいて》だと思っていたらしいんだけれどねえ……」

母親は暗に落第の年数の長さを云っているのである。正当に行ったら、あと二年と何カ月かで大学を卒業してしまうところだ。しかし順太郎の場合はウマく行っても大学に入るまでに三年何カ月かを要するのである。

杏子は、伯母といっしょに和服の盛装でやってきた。ウェーヴをかけたばかりの頭髪がカツラをかぶったように見える。女学校を出て、まだ一年とすこししかたたないのに、もうすっかり型にはまった大人の世界に通用する顔つきだ。そして、それはデパートのショーウィンドウに花嫁衣裳《いしょう》をつけて飾られたマネキン人形に何と似ていることだろう。彼女はまるでヒタイを畳に吸いとられたように長ながとお辞儀した。

「叔母さましばらくでございました。戦地の叔父さまもお元気でご活躍ですか。順ちゃんはまた……」

と、そこまでレコードに吹きこんであったように流れていた言葉が、ぱたりと止った。

どうせそこまで云ったのなら、ついでに「ご愁傷さま」とでも云ったらいいじゃないか、と順太郎は思った。しかし杏子は黙ったままだ。杏子の母親があわてて何か云いそうにするのを引きとって、

「いいえ、ねえ、まアうちの子はゆっくりやらせます」と、順太郎の母親はしどろもどろの挨拶《あいさつ》をおくっている。

こういうときには一体、どういう態度をとるべきだろう？　やっぱり恥ずかしがらなくてはいけないのだろうか。しかし義務として恥ずかしがろうとしても、それには

どうすればいいのか、順太郎は見当がつかないのだ。顔を赤らめようとしても、赤くならないし、頭を掻《か》くのもへんなものだ。……結論としては、このようにウンザリする場所からは大急ぎで退散すればいいのだが、どういうわけかそれだけは出来ない。心の底のどこかに、こいつらには負けたくないという気持がある。しかし、この場を出て行くことがどうして負けになるのか、また彼女らのどういう点に対して負けたくないのか、そいつはサッパリわからない。彼はただ、じっと坐りこんで、杏子の結婚式の日どりがどうだとかいう話を、つとめて何気ないふうを装《よそお》いながら聞いているのである。

それから二三日たってのことだ。順太郎は、山田といっしょに高木につれられて、川向うの町へ散歩に行った。

もうそのころは、さすがの順太郎も予備校で三年間、同じ机に向かって同じ問題集をひろげ、同じ黒板にかかれた定冠詞の使用法だのトレミーの定理だのを、同じ顔ぶれの教師から聞かされることには倦《あ》き倦きして、カバンをかかえて家を出てもめったに学校には行かず、仲間の三人で打ち合せて、それぞれの家や下宿や街の喫茶店などをわたり歩いた。

その日も三人は、学校を中途で切り上げて、アテもなく銀座からカチドキ橋まで歩き、そこでまだ完成したばかりのハネ橋がハネ上るさまなど見物したあと、しばらく橋の上から川の景色をながめていると、

「これから玉の井へ行ってみようか」と高木が云った。

高木は、神田の喫茶店でみせたようなハニかんだ顔はしなくなっていた。反対に、彼は東京の地図を暗記していて山田や順太郎の知らない場所へ、臆《おく》した様子もなく先に立って案内してくれるようになっていた。……しかし「玉の井」といわれると、順太郎はある唐突な感じをうけないわけには行かなかった。

金で女が自由になる町が、手近なところでは新宿にもあるということを、まえから順太郎は聞いていた。寝苦しい晩など、ふとそこへ行ってみたら、という気がしたことは何べんもある。何だかしらないが、その町は真赤な光線に照らされて、その中にもくもくと動く黒いものがあり、たやすく期待にこたえてくれそうな気がした。けれども実際に行ってみる気には、まだなれない。そういえば南の高等学校を受けに行ったかえり大阪へよって、繁華街で映画館をさがしているときに一度、そんな町へまぎれこんだことがある。表通りは浅草の六区のように芝居や映画や見せ物小屋や食べ物屋が軒をならべて、家族づれの人などが大勢歩いているのに、ほんの一歩うらへまわ

ると、広い道の両側には黒い塀でかこった家があるばかりで、ウソのようにガランとしている。何の気なしに、もう一度もとの表通りへもどろうとしているときだった。

「兄さん、ちょっと」

と、古風な束髪に結った中年の婦人に呼びとめられた。その瞬間に、これが「あの町」だということを順太郎は了解した。日中の人ッ子ひとりいない道路と、黒い塀にかこまれて静まりかえった家並とは、空想していたあの町とはどんなに違っていただろう。その食い違いが彼に、ある端的な怖《おそ》れを感じさせたので、そのまま急いで逃げ出してきた。……そのときと、いまとはちがう。多分、病気と警官に注意すれば、あとは怖れなければならないものもないはずだ。それなのに、いざ行こうと云われると、やはりなんとなく唐突なのだ。

カモメが飛んでいる海のように広い川から吹き上げてくる風に顔をなぶられながら、

「どうする?」と、山田の顔を見た。

すると山田は、まるで神田の喫茶店のときの仕返しのように、

「行こうじゃないか」と、いきおいよくこたえた。

「行ったたって上るわけじゃないんだ。散歩してみようというわけだ」

と、高木は年長者のように、なだめる口調で云った。

…………何という不思議な町が世の中にはあるのだろう。一歩そこへ入ると、まるでフィルムがうつっているとしか想えなかった。それは順太郎がこれまで想像していたどんな町とも違うし、その中を歩きながらまだ本当のこととは信じられないほど不思議なところだった。

バスの走っている大通りから一歩入ると、人一人がやっととおれるほどの細い径《みち》に、一尺四方ほどの小さな窓だけのあいている家が並んで、その窓の一つ一つに、まるで井戸の中をのぞきこんだように、女の顔がうつっている。

一般の町の常識からすればキチガイじみた設計といわなくてはならないだろうが、酒池肉林の場所というにはあまりに童話的である。

くねくねと考えられないほど複雑に曲った道を、順太郎も山田も顔をほてらせながら、飛ぶように歩いた。どこを見回しても女の顔ばかりだ。途中で何度か呼び止められたような気もするが、振りかえっても、どの顔が呼んだのかわからない。赤やピンクや緑色やの色が小窓の中で動いているのだとしか思えない。……

どれほど歩いたかも忘れてしまうほどだった。高木のあとについて、ひとの家の裏口のような狭いところを行くと、不意にまた日射しの明るい表通りへ出た。

「どうだ、おもしろかったかい？」

と高木が四角いアゴをなでながら訊いた。二人は、

「おもしろい」

「おもしろかったね」

と、こたえたものの、じつのところまとまった印象は何一つなかった。順太郎は、まだ自分の顔がひきつっているような気がした。半ば好奇心と半ば恐怖心からくる無意識の笑いが、どうしても消えないのである。実際、あれだけの数の——おそらく百人以上もの——女が、金さえ出せばどれでも手に入ると聞いたら、はじめは誰だって、ぼうっとするのが当り前だろう。

「もっと歩くかい、こっちの方にもまだあるんだ」

と、高木は道路の反対側を指さしたが、二人とも、

「いや、もういい。くたびれた」と、正直に、こたえた。まったくのところ口をきくのも面倒なくらいだった。浅草行きの電車に乗ると、ようやく元気づいて山田は、しきりにもう一ぺんあの町へ行きたいものだとハシャぎだしたが、不意にしんみりした調子で、

「しかしなア、あの窓の女が全部、商品だとはなア」と、感にたえた声を発した。

「そうだ」と、順太郎は大きくウナずいてこたえた。彼は窓の中に着飾った杏子の顔を置きかえて描いていた。

家へ帰ると母親が、冷えた夕飯のお膳《ぜん》を前にして、けわしい顔で待ちかまえていた。きょうの散歩は学校をサボって映画を見に行ったのとは、少々わけがちがう。そこのところを早速、嗅《か》ぎ別けられてしまったのだろうか？

しかし順太郎の予想の立て方はまちがいだった。この母親は自分の欲しないことを、あれこれ詮索《せんさく》しないたちだ。目にみえた結果だけを重視する方だった。じつはきょう、杏子の縁談のことで、その家に行き、はじめて杏子の弟の武夫がことし高校に入学したことを知らされたのだ。

「お前、どうおもう？」

「おもうってなにをよ？」

「あの子は、お前より五つ年下だよ」

「だって、それはあたりまえでしょう。あいつは早生れだし」

ガチャン、と茶碗の割れる音がした。はじまったな、と思うと同時に順太郎は逃げる用意をした。子供のころからの経験で、このあと三十分ぐらいは手のつけられないほど彼女が荒れ狂うことはわかっている。そんなときに反抗することは、かえってよくない。一時間もすれば次第に静まり、あくる日になればまったく忘れてしまう。

……が、きょうばかりはアテがはずれた。茶碗が一つ割れたきりで、あとは物音がしない。見ると、顔はまだ真青だが、どこかに余裕をのこしている。注意ぶかく見まもっていると、ふとりすぎて股《また》ずれのできる脚をひらきかげんに用箪笥《ようだんす》へ近よって、引き出しの中から茶色の封筒に入ったものを取り出した。

「お前、どうせこんなことをしていれば、どこの学校にも入れないで兵隊にとられるつもりだろう。それぐらいなら、いっそ志願して軍人におなり。さあ」

そう云って放り出した書類の封筒を見ると、海軍経理学校の入学規則書だ。これには驚いた。母親がぼくを、あれほど嫌っていた軍人にするとは、よほどのことにちがいない。しかし何だって、わざわざ海軍のそれも経理学校などとヒネったところを探し出してきたのだろう。これもやっぱり杏子の家ででも教えこまれてきたのだろうか。

「さあ、そんなところでボンヤリしていないで、これからすぐに写真を撮っておいで。出掛ける前にパンツをはきかえるんだよ」

写真を撮るのに、どうしてパンツをとりかえる必要があるのだろうと思ってよく見ると、なるほど規則書に「全身裸体写真キャビネ判二葉貼付《てんぷ》ノコト」とある。何にしても、家の中にいるよりは出掛けた方が安全だから、云われたとおり新しいパンツにはきかえて、早速、写真屋へ行った。

翌日、山田と高木に順太郎は昨夜の顚末《てんまつ》をはなした。二人とも、やっぱり驚いた様子だった。ことに山田は、心配そうに眉《まゆ》をひそめて、——そうすると、彼の大きな高い鼻はますます大きく見えるのだが——、

「それで、まさか君はそんな学校を受験する気じゃないんだろうな」

「いや、本当に受けるつもりさ。どうせ受けたって落ちるにきまってるんだから、無理に反抗することはないよ」

「だって、もし受かってしまったら、どうするつもりなんだい?」

「それは受かれば入学するさ。どうせ海軍の経理なんて、船にのって炊事の兵隊の親方にでもなっていればいいんだろう」

「そんなことを君は本気で云っているのか。馬鹿だなあ。日本はこの戦争で敗《ま》けちゃうんだよ。いまはシナだけが相手だけれど、そのうちイギリスやアメリカもきっと出てくるし、ドイツだってやってくるかもしれないんだぜ。それでも君は、そんなのんきなことを云っているつもりか」

「そうなりゃ、そうなったでいいじゃないか。敗けたらどうせ何をやっていたって同じことさ」

「こういうのを、馬鹿も手がつけられないっていうんだ」

山田が何と云おうと、順太郎は平気だった。第一、合格する気づかいは絶対にないと思っているから、それから先のことを心配するのは愚なことだし、母親にぐずぐず云われさえしなければ、それで良かった。もっとも、写真屋から受験用の写真が出来てきたときは、すくなからず憂鬱《ゆううつ》な気がした。普通の学校の受験写真の倍大に引きのばされた正面からと側面からと二葉の全裸写真は、どう見ても軍人志望者というより無理矢理皮を剝《は》ぎとられた何か――たとえば犯罪者の全身の人相、あるいは生捕られた珍奇な野蛮人――を連想させるからだ。眼は放心したように見ひらかれており、胴体はまったく無抵抗にのびて、なかで臍《へそ》だけが自己主張をつづけるように変にハッキリと正面を向いている、そしてガニ股の脚のつけねに、股のものが新しいパンツに絞めつけられて悲しげに曲っているのが明瞭《めいりょう》に外から見透かされるのである。

試験は六月一日に行われた。試験場は築地小田原町の当校、となっている。

海軍経理学校とはどんな所か、どこにあるのか、まるで知らなかったが、行ってみるとそれは先日、高木や山田と玉の井行きの散歩を相談したカチドキ橋のすぐたもとにあったのにはびっくりした。しかし、それだけで驚くのは、はやかった。試験場の入り口に山田が立っているのだ。

「どうした?」と訊《き》くと、山田はおかしくてたまらなそうに笑いながら、

「君ひとりを行かせるのは可哀《かわい》そうだから、僕もいっしょに受けることにしたよ」と云う。

山田の顔には、まったく陰険なところは見られなかった。しかし、それでも瞞《だま》されたという気はした。

「ひどいじゃないか。ひとのことは馬鹿だの何だのと、さんざん云っておいて」

「いやね、家へかえって親じにちょっと相談したんだ。これは君のことが心配だったからだよ。ところが親じのやつ、ひどくのり気になって、僕にもどうしても受けろというものだから」

「だって、それならなぜいままで黙ってたんだ?」

「君を、おどかしてやろうと思ってさ」

そんなことは、どうでもいい。この際、仲間が一人でもいることは気が強かった。集ってきている受験生たちも、普通の学校のそれとは、どこか様子がちがっている。

眼鏡をかけているものが馬鹿に多いが、これは山田の説明するところでは体格検査の規格が他の海軍関係の学校よりゆるいからだそうだ。——山田は順太郎の知らないうちに、そんなことまでしらべて知っていた。

予備校での顔見知りも何人か来ている。みんな浪人二年三年の連中だ。体格検査と同様、年齢の制限も、海兵などにくらべるとこの学校は長いのだった。聞いてみると受験の動機も順太郎たちと似たりよったりなのが、かなり居た。もっともなかには順太郎を浪人三年ときいて、

「じゃ、あなたはこれが最後のチャンスですね。大いにがんばってください」などと、わざわざ云いにくる男もいる。こういうのは海軍の学校ばかりを専門に狙《ねら》っている連中である。しかし、あんまり頭の良さそうな感じではない。これは、ひょっとすると合格するんじゃないかな、という考えがチラリと頭をかすめる。……もし、そんなことになったらどうすればいいのか？　本当に船に乗って炊事の兵隊の親玉になっていれば、それでもすみそうな気がする。

ラッパが鳴った。水兵が受験生たちを集合させて、下士官にひきわたした。下士官は、受験生をながめわたすと、怒っているのか笑っているのか見当のつかない顔をして、歯を剝《む》き出しながら、

「これより試験を行う！」と、大きな声を出した。

それから一時間たつかたたないうちに、順太郎は経理学校の門を出ていた。カチドキ橋の欄干にもたれて河風に吹かれている。

試験は、まず体格検査からだった。身長、体重、胸囲、握力をはかると次はM検と肛門《こうもん》の検査だ。衝立《ついたて》の中に入ると、横柄《おうへい》に股をひろげて椅子《いす》に腰を下ろした軍医が、試験場の体育館全体にひびきわたる声でドナっている。

「キサマ、そんなことで帝国海軍の将校として、国家のお役に立てると思うか」

馬鹿馬鹿しい、と順太郎はおもった。まだ自分の部下でもない受験生を何でそんなに侮辱する権利があるんだ。

次は順太郎の番だ。医師の前に立って、ふとみると父親の順吉のところへよくきていた男にそっくりの大尉だ。あの男も、いまごろどこかの体格検査場で、こんなことをしているのだろうか。そんなことを思いながらサルマタの紐《ひも》をひっぱると、紐が固結びになってしまった。そのとたんに軍医はドナった。

「切っちまえ、そんなヒモぐらい切っちまえ！」

順太郎は、かえって気を落ちつけることが出来た。黙って軍医をにらみかえすと、わざとゆっくり紐をほどいてやった。しかし、そこを出て、次の懸垂のところでは、鉄棒にぶら下ったまま、もう自分の力で体を引っぱり上げる気に、どうしてもなれなかった。

「どうした！」

と係りの下士官が気合を掛けるのを合図のように、その鉄棒の手をはなした。体格の一項目でハネられると、そこで試験は打ち切りだ。すこぶる能率的に出来ている。

しかし、校門を出て、こうして風に吹かれていると、急に腹立たしさがこみ上げてきた。何でわざわざ「不合格」の汚名を着るためにこんなところへ来たのだろう。もう、ひとに自分を験《た》めされることはたくさんじゃないか！　試験場を出ぎわに、山田が「待っていろよ。おれもすぐおわるからな」と、ささやいたが、もうこんなところに人をじっと待つ気にはなれない。何とか自分一人で自分の意志を決定したい。

目を上げると、沖に白い船が出ていた。

おれも、どこかへ出て行こうかな、と思う。しかしいったい何処《どこ》へ？　いま日本を出て外国へ行く方法といったら、兵隊にとられて戦地へ送り込まれるだけじゃないか。

彼の眼に脱走兵のイメージが浮んだ。霧の深い港町を一人の兵士が真直ぐに歩いてくる。彼には親もなく、兄弟もなく、妻も恋人もない。国籍も兵役の義務も、たったいま棄ててきた……。そこまで考えると、急に心の中で乾いたものがカサカサ鳴った。何のことはない、お前の考えているのはジャン・ギャバン主演の映画じゃないか。現実に、お前をとらえているのは、お前の母親だ。なぜもっと自由になれない？　試験を受けるがイヤなら、なぜもっとハッキリそう云わないのだ。学校が嫌いなら、そんなところへ行く必要もない。学校へ行かなくとも現に世界の大多数の人は、働いて結婚し、人生をたのしみながら寿命がくるまでは生きているんじゃないか。仮にそれらがウマク運ばなくとも、お前は自分の責任を自分が取ればいいんだ。前途には悲惨なものが待っているかもしれない。しかし母親の云うなり次第になっているよりは、その方がずっとマシだということを知らなくてはいけない。

——では、母親から自由になるには、どうすればいいのだろう？　と彼は心に訊いた。すると、即座にこたえがあった。

——あの町へ行くがいい。

夕暮れになるまでの時間を、順太郎は浅草でつぶすと、タクシーを呼んで真直ぐにあの町へ来た。

「旦那、ここですよ」と運転手に云われて車を下りたところは漬物屋と荒物屋の三叉《さんさ》路《ろ》だった。しまった、こんなところじゃない。運転手にダマされた、と早くも志気沮《そ》喪《そう》しそうになったが、勇気をふるって漬物屋の角を曲ってみると、そこに突然あの町があった。窓から客を呼んでいる声はするが、自分が呼びかけられているという気はしない。

「ちょっと学生さん、帽子をとりなさいよ。お巡りさんがくると、つれて行かれちゃうわよ」あわてて帽子をとって振り向くと、窓の中の顔が笑いながら招いている。なんだか夢を見ているようだ。その顔が、杏子のようにも、鼻の赤い女中のようにも見えたからだ。近づくと、女は、

「早く！」と云いながら窓の横の細い戸を明けた。夢中で順太郎はその中に飛びこんだ。家の中の様子は外側から見たのとは、だいぶちがっている。氷やラムネを売っている店へきたようだ。女は鈴のついたノレンを分けると梯子《はしご》段を上って行った。くっついて行けばいいのだろう。すすけた畳みチャブ台のある部屋で、出されたお茶をのんでいると、

「きめてちょうだい」と女は手を出した。これは女中とも、杏子ともちがう顔だ。肩のあたりがひどくギスギスして、まったく自分とはかかわりのない人間に思える。いくら渡したらいいのかわからないので、上衣《うわぎ》の内ポケットの中に一枚だけ入れておい

た十円札を出すと、女は急に神妙な顔をして、

「ありがとうございました」と頭を下げ、金を盆にのせて下へ行ってしまった。どっとばかりに不安が押しよせてくる、金を盗まれたうえに、この部屋に監禁されてしまったのではないかという……。しかし女は間もなくやってくると、

「あら、まだそんなところにいたの。こちらよ」と、さっきのなれなれしい口調で云いながら、茶色く日焼けした襖《ふすま》をあけた。うすいふとんの上に、わりに綺麗《きれい》なシーツがしいてある。

「ちょっと待って、ね」と、女は帯をほどいた。順太郎は眼をみはった。いまから奇《き》蹟《せき》が行われるところだ。しかし女は立ったまま、着物の中に手を入れて、まだもぞもぞとうごかしている。

「あたしは冷え性なもんだから」そんなことを云いながら、黒っぽい毛織物の布を裾《すそ》から引っぱり出した。道理で肩にくらべて腰から下がふくらみすぎていると思った。次には股《また》の間からネコでも跳び出してきやしないかとおもっていると、細紐をしめた着物のままでふとんの上に横たわり「さあ」と脚をひらきながら云った。「男になっておいでなさい」

順太郎は、しかし、しばらく胸をつかれたまま手が出なかった。白い腹の下に横た

わっている黒ぐろとしたもの、これが長年にわたって自分が夢の間にも覗《のぞ》こうと欲していたものなのだろうか。それは醜くもグロテスクにも見えるものだが、意外にも顔をそむけさせるものではない。

「どうしてズボンを脱がないの。さあ早くパンツも……」

女の言葉に、順太郎は海軍経理学校の軍医のことを憶《おも》い出した。しかし、それはけさのこととは思えない。十年も、いやもっとずっと昔のことのようだ。

「どうしたの、お酒でものんできたの？」

女は不愉快さを、おもてにあらわしながら裾を閉じそうになった。

「ちょっと待って」順太郎は、あわててそれをとめようとしたが、あとにどう言葉をつづけていいのかわからない。すると女は急に朗らかな声で、

「ああ、わかった。あんたって、さっぱりしたタチなのね……。わたしもそうよ、シツッこいのはキライ」

順太郎はホメられたような気がして、そうだというしるしにカブリを一つふったが、また心のこりもしたので、

「それほどでもない」と声のふるえそうになるのを抑えながら云った。「だけど、もうすこし見ていてもかまわないんだろう？」

「いいわ。手でさわりさえしなければ」女は何も彼《か》も承知しているように、笑いながら、そうこたえた。

順太郎は、女をやさしい性質の持主だと思った。なにか相談対手にでもなってやりたかった。やがて下で鈴が鳴った。

「鈴の音ってうるさいものね。お時間だわ。またいらしてね。ちゃんと約束まもってくれなくちゃ、いやよ」

順太郎は満足げにウナずいて階段を下りた。女はていねいに靴をそろえると、くるりとうしろ向きになって鏡台の前に坐った。ちょうどそこが窓から顔の見える位置になっている。

「じゃ、またくるから」順太郎は鏡の中の女に手を振って云った。そのときだった。女の口から、おどろくべき言葉がもれた。

「どうも失礼しました。何のおかまいもなく……」

どこをどう歩いたかわからない。足の向くままに歩いていたら川の岸へ出た。しらひげ橋という橋の名が出ている。

これでいいんだろうか、と順太郎はツブやいた。これで僕は母親から自由になれたんだろうか？　女の云った「何のおかまいもなく」という言葉が気にかかる。僕は失礼なことをしてしまったのだろうか、それとも彼女が僕に対して失礼だったのか？

順太郎は、そんなことをくりかえして自分に問いかけながら、重くじっとりと葉をしげらせた桜並木の堤を、いつまでも歩きつづけた。

相も変らず

――何てことをしちまったんだ。順太郎は自分に云いきかせるようにツブやいた。目の前を黒い自動車が、雨に濡《ぬ》れた轍《わだち》のあとをクッキリのこしながらとおった。その向うに見えるのは、重そうな石垣と澱《よど》んで冷たそうな濠《ほり》の水だ。石垣の上には松の木の間がくれに鉄砲をかついだ兵隊が歩いている。

片側に、毀《こわ》れかかった黒い板塀がつづいて、どこまでも追い駆けてくるようだ。塀の内側では受験生たちが答案をつづっている。たったいままで順太郎も、その一人だった。頭の中には、そのとき取り組んだ数字や記号が、断片的にのこっている。なんべんも書きかえたり線を引いたりして、ゴチャゴチャになってしまった幾何の図形……。こんなときによく正しい解答やウマい手がかりが頭にひらめくことがあるものだが、そんな皮肉な奇跡も起りはしなかった。要するに試験のヤマである数学は一問もできなかったのだし、出来そうなけはいもなかったのだ。しかし去年までは、たといダメだとわかっていても、ともかく時間いっぱいモガきぬくだけのことはしたのに、ことしはもうその気力もなかった。陰気な講堂にならべられた板張りの椅子《いす》に腰かけているること自体が、たまらなく苦痛だったのだ。試験官たちは黒い木綿のガウンをまとっていた。他の場所で見ればきっと吹き出さずにはいられなくなるだろう、その異様な服装が滑稽《こっけい》に見えるどころか、かえってその古めかしさの故《ゆえ》に尊厳さを加えて感じられるのもイラ立たしかった。

しかし、それにしても何ということをしてしまったのだろう！

高木から電話がかかってきたのは昨夜の八時すぎだった。――「いま帰ってきたところだ。ちょっと新宿あたりまで出てこないか」と云う。形式からいえば、それは問いの言葉だった。けれども実質的には、否応《いやおう》なしの強引な勧誘だった。なぜかといえば、一週間ばかりまえ高木が旅行に出掛けたとき、順太郎は同行する約束になっていた。というより、むしろ旅行しようと云いだしたのは順太郎の方だったのだ。……受験期がちかづくにつれて、彼等は一様に或る目に見えないものに、圧《お》しつぶされそうな不安を感じはじめていた。山田も、後藤も、順太郎も、中学校を出てからもう三年になるのだ。そして高木は浪人四年目だった。彼等がどうしてこのような仕儀になってしまったのかはともかく、これだけ毎年つづけて落第すると、まるで落ちることが唯一《ゆいいつ》の目的で試験をうけているような気になる。この妙な無力感は誰か一人に起ると、たちまち全体につたわるのだ。

「ことしは、もう何処《どこ》の試験もうけない」と最初に云いだしたのは高木だった。どうせ落第するための受験費なら、別のことにつかった方が有意義だというわけだ。これに同調して旅に出ようと云ったのは順太郎だった。けれども、出発の朝に雨がふっていたことが彼等を思い止まらせた。そして結局、高木と後藤だけがアテもない旅行に出掛けてしまったのだ。……その高木や後藤に、明日が試験だからという理由で、誘いに応じないわけには行かない。

——つれがいっしょだぜ。見たければ出てこいよ。拝ましてやらア……。

電話機からの声は後藤に変っていた。低いくせによくひびくその声で、順太郎は廊下のすみの薄暗い電話機のまえに、ひらいた鼻と分厚い唇の後藤の、猥雑《わいざつ》に光る眼をおもいだした。


約束の喫茶店には山田が一人、待っていた。浅黒い顔の近眼鏡のおくに、変にぶよぶよした眼をひらいて、

「いま何時だ」と訊《き》いた。

「九時十分前だ」

順太郎はこたえながら、急に気分がらくになってくるのをおぼえた。山田の顔に怯《おび》えた表情がハッキリとうかんでいたからだ。……間もなく、高木と後藤の声高な話が入口の方から聞えてきた。顔を合せた瞬間、一週間見なかった二人が、ひどくおとなびて感じられた。

「やあ、どうだった？」

「ごらんのとおりだよ」後藤は、そう云ったかとおもうと、入口にひきかえして、

「どうした？　なんだ、いいじゃないか」と、小さく争うような声が聞えた。うす暗い戸口のガラス扉に、ほの白い人の影と背の低い後藤との、もつれあう姿がうつって、
順太郎は眼を高木の方へ向けた。

「つれって、あれか？」

「I温泉で知りあったんだ。姉妹で来ていたが、姉の方だけついてきた」

高木は長い頤《あご》にマバラな不精ひげをのばした顔をいくらか赤らめながら、口もとにアイマイな微笑をうかべて、そうこたえた。その時、白いショールに顔を半分かくした女が、後藤に背中を押されながら、やってきた。順太郎はひそかな安堵《あんど》と落胆とをおぼえた。予想をうらぎって、それはひどく地味な、いわばただの田舎の小母さんに

すぎないように見えたからだ。年はわからないがもう三十歳ぐらいにはなるだろうか。古めかしいカスリの着物に、へんに目立つ新しい桐《きり》の下駄をはいて、おずおずと椅子に腰掛ける様子は、何でわざわざこんな人を東京まで引っぱって来たのかと思われるほどだ。

しかし後藤は充分満足しているらしかった。彼は酔っぱらったように笑いつづけながら、皆に女を紹介するために立ち上ると得意そうに帽子をとった。すると、おどろいたことに彼の頭髪は、ひたいの横で分けられ、ピカピカ光る油で丁寧に撫《な》でつけられていたのだ。中学生は無論、高等専門学校の生徒も頭髪をのばすことを禁じられていたのだから、これは彼が受験をまったく断念したことになるのである。

順太郎がトイレットに行こうとすると、あとからあわただしく後藤がついてきた。

「どうだ、おれのウデもすごいもんだろう。あれはF県の富豪のメカケなんだ。もとは芸者をしていただけに、ちょっとした立居の動作にも色気がある……」

「へえ?」順太郎は単純におどろいた。「じゃ、君はあれをしたの?」

「うん、なかなか云うことをきかないので、だいぶてこずったがね」

後藤は、うしろ向きになって用をたしながら云った。その口調はまるで経験をつんだ色事師のようだ。童貞をもちあつかって吉原や新宿の遊廓《ゆうかく》の町をいっしょに散歩したのは、ついこの間のことだが、この髪を分けた小学生のように背の低い男の後姿を見ると、それがもう十年もむかしのことのような気がする。

席へもどったが、話はとぎれがちだった。俯《うつむ》向いて黙ったきりの女を、学生ともルンペンとも与太者ともつかない男がかこんでいるのは、あたりに異様な感じをあたえていた。すると高木が、

「これからみんなで、おれの下宿へきて泊らないか」と云った。

この提案に順太郎はどきりとした。明日は試験だ。朝、七時には家を出なければならない。しかし、いまとなっては反対することは、ますますむつかしかった。……時計の針は、もう十一時を指している。家ではいまごろ、ぼくのことを怒ったり心配したりしているだろう。肥《ふと》りすぎて水死人のように青くふくれた母親の顔を想《おも》いうかべて、順太郎は心の底に大きなイカリがぶら下げられる気がした。しかし、受験票は上《うわ》衣《ぎ》のポケットに入っているのだから、試験場へは高木の下宿から出掛ければ、かえってその方が便利だろう、と思い返すことにした。

高木の下宿の部屋は四畳半で、ふとんは一と組だけしかない。で、掛けぶとんを敷くことにしたが、そうすると部屋いっぱい、ふとんの洪水になってしまった。

女は下宿にくると、いくらか緊張がほどけたらしく、高木に向って、

「サッちゃんも、いっしょにくればよかったにねえ」などと、訛《なまり》のある言葉で話しかけたりした。赤茶けた髪や、白粉《おしろい》気のない肌の色が、殺風景な下宿の部屋でみると、それなりに女らしく見えてくる。

「寝ませんか?」と、後藤が云った。

するとと彼女は、ふと困惑したように眉根《まゆね》にシワをよせて、軽く二三度頭を振ったが、片頬に笑いをうかべると、立て膝《ひざ》になって足袋をぬぎはじめた。皆の視線がいっせいに集中するのを意識した姿勢だった。

電灯が消された。不自然な沈黙がやってきた。みんなが女のことを考えているにちがいなかった。順太郎は気を軽くするために何か話そうとおもうのだが、そうすると試験のことしか頭にうかばないのだった。となりに寝ている山田の体つきが四角い木の函《はこ》のように感ぜられる。

「どうした、眠れないのか?」順太郎が訊くと、

「いやそんなでもない」とこたえながら、窮屈そうに首のまわりを掻《か》きはじめる。

山田のとなりに高木が、順太郎のもう一方のとなりには後藤が、そしてそのとなりの壁ぎわに女は寝ているのだ。ところで、どれほどたってからだろうか、順太郎は足のうらに柔かいものを踏みつけた。あわてて脚を引こうとすると、女の体が上ってき

た。

「ごめんなさい。壁に肩があたっていたいのよ」

ささやく声が耳もとに聞えると同時に、甘酸《あまず》っぱい匂《にお》いが鼻をうった。……こういうことは許されてもいいものだろうか？　腹から胸へかけてムズムズしたものが這《は》い上ってくると、下腹がいっぺんに熱くなってきた。すると、この女を後藤の独占にまかせるべきかどうか、という考えが頭にうかんできた。ぼくらの間に金や品物の貸し借りはないんだ。みんなが、そばにあるものを自分のもののように使っている。それならどうして、この女をペンやインキやノートのように、ぼくが抱いてはいけないのか。しかし誰にも悟られずに自分一人でそんなことをするのは、どう考えてもウシロメタかった。ところが、その間にも女の体は、乳房にこちらの手がとどくまでにずり上ってきた。思い切って、手を女のふところに入れてしまったらとおもうが、そうするといつか親戚《しんせき》の女学校一年の子ととなり合って寝たときのように金切声を上げられないものでもない。そのときは、こちらは何でもないことのつもりでしたことだったのに、女の子はまるで火事場を見つけたような騒ぎだった。意識していないときでさえそれだから、いまそれをやったらどんなに大変なことになるかわからない。しかし、それなら手をどこへ持って行ったらいいのだ？　このままでは手といわず体全体が石《せっ》

膏《こう》細工のように固まってしまいそうだ。そのとき、

「ふふ」

と下の方で笑い声がした。脚が女の体のどこかに当ったらしい。その声は、しかしひどく高慢ちきな、こちらの苦痛を何も彼《か》も察知しているもののように聞えた。順太郎は決心した。

「おい、後藤。おれはこれからこの女に接吻《せっぷん》するぞ」

と同時に、ふとんの代りに掛けてあったみんなの外套《がいとう》やら上衣やらをはねのけて、女の体にとびかかった。真暗な部屋は大混乱になった。……しかし順太郎は自分では、あくまで冷静なつもりだった。自分は頭の一方で明日の試験のことは、ちゃんと考えている。去年のように逆上して英文法の問題と答とをアベコベに書いたり、口頭試問の試験官のまえであらぬことを口走って相手の心証を害したり、そんなヘマはやらないつもりだ。断じて自分は情欲にかられて、こんなことをしているのじゃない。ただ、この年増女の図々しさをこらしめてやる必要があるだけだ。

女は不意をくらって、びっくりした。

「ダメ、そんな乱暴な。……後藤さん、助けて！」

後藤は寝たままだったが、山田が飛び起きた。そして、あきらかに嘘《うそ》とわかる弁解

をした。「なんだ、ねずみが暴れたのじゃなかったのか……」

しかし、それが順太郎に対する婉曲《えんきょく》な制止のつもりだとしたら、何の役にも立たなかった。彼はガムシャラに女の体に組みついて動こうとしなかった。……暗闇《くらやみ》のなかでフスマのはずれる音に高木も、それに狸寝入《たぬきねい》りをしていた後藤も、つづいて起き上った。だが二人とも、ただ唖然《あぜん》として、ことの成り行きを見まもるばかりだった。後藤は嫉妬《しっと》したにはちがいなかったが、それも順太郎がやっているような率直なやり方で表明するわけには行かなかった。一方、高木は下宿の人たちがいまにもドナリこんできはしまいかということを、もっぱら怖《おそ》れた。けれども、もともと彼の頭を支配しているのは「無常感」だった。どうせ払いのたまった下宿は、早晩出て行かなければならない。で、彼はハヤシはじめた。

「おう、やっとる、やっとる。……いいぞ、阿倍。なかなか、いいぞ」

すると、山田や後藤までが、声を掛けはじめた。

「ようよう、がんばれよ」

「しっかりやれ」

ところが順太郎は、女を抑えつけてしまうと、それからさき何をすればいいのかわからなくなってしまった。女が抵抗している間はまだよかった。が、相手が力をぬいてしまうと、それきり彼の情欲は怒りとともに何処《どこ》かへ消しとんで、単に田舎の小母さんとスモウをとっているような気になってしまうのだ。すると、こんどは女の方からメンドリの悲鳴のような声をあげながら、誰彼の相手かまわず、組みつきはじめた。と、順太郎はまた独占欲に駆られて、女を後から抱きしめ、自分の体の下に組みしく……。こんな奇妙な闘争が、くりかえしくりかえし何度も行われているうちに、ふと気がつくと、いつか夜が明けていたのだ。

一体、どうしてあんなことをしてしまったのか？　いまになって昨夜のことを後悔するのは愚にもつかないことだろう。しかし、われながら自分のしたことに、まったく合点が行かない気がする……。考えてみると、すべては義務感から発したもののようだ。つまり、自分は友人に対する義務から昨夜、街に出た。そして女に対するサーヴィスと後藤に対する信義との二つの義務の中間にはさまって、あんなことをした。いまは母親に対する義務で試験場へ行き、試験官に対する義務で答案に向かい、それからふたたび友人に対する義務でそれを中途で放棄して試験場を出てきた。

細かい雨のふる中を、順太郎はぼんやり、そんなことを考えながら歩いた。濠《ほり》をへだてて石垣の上に、鉄砲をもった兵隊がさっきから同じところを歩いている。黒い松の木立ちの間に消えたかとおもうと、また出てくる。あれは近衛《このえ》の歩兵だ。どこかの村からえらばれて、名誉なことだと村じゅうの人に見送られてきたにちがいない。日の丸の旗の波と、軍歌をかなでるラッパのひびき……。このままだと、一年しないうちに、ぼくにもそういう日がやってくる。しかしそれが何だか本当のこととはおもえない。石垣の上に立っている兵隊と、濠をへだてたアスファルト道路を歩いているぼくとの間には、いつまでもそれだけの距離があいているような気がする……。

いつか学校の塀はなくなった。きのうから一睡もしていないので教室ではひどく眠かったのに、外に出るとねむい感じはちっともしない。空気が冷たいせいだろうか。ときどき股《また》の間がズキンと痛むようだ。病気になったのかもしれない、と思う。結局昨夜の女とは何もなかったのだから、そんなことあるはずもないのだが、気にしはじめると一歩あるくたびに気になる。順太郎はいわゆる「皮かむり」というやつだ。はじめて「遊び」に行ったとき怪我をした。高木に相談したら、そいつは手術を受けておかないと危い、と脅かされた。これからも遊びに行ったとき、病気になりやすいということだ。しかし、この病気にかかると兵隊にとられないという説もある。本当だろうか？　反対に、「病気」があると必ずとられて、なかへ入るとウンといじめられるという話もあるからだ。どっちにしても、

「その手術とは、どういうことをするんだい？」と訊《き》くと、
「わざわざ医者まで行かなくとも、何回も遊んでいるうちに、ひとりでになおるさ」と高木はこたえた。それなら結局、何も教えてくれないのと同じだ。ところで、この「皮かむり」というやつは、ぼくのように母親がつきっきりで育てた「お母さん子」に多いそうだ。すると、男が母親から独立するために、やっぱり「手術」をうけなくてはならないのだろうか？　しかしカフェーや特殊喫茶がならんだ裏のとおりに、赤い電灯をつけてひっそり扉を閉めた医院のまえを、とおるだけでも憂鬱《ゆううつ》だ。

歩いているうちに、宮城前まできた。去年から、ここを通るときにはお辞儀させられる。後藤と山田は、そんなツマらない風習にはそまりたくないから、絶対にお辞儀しないと云う。高木は、「どうせ一つの流行だ。云われるとおりにしたってかまわない」という意見だ。順太郎は、後藤たちの云い分にも、高木の意見にも賛成だ。いいかげんにしてはならないことだという気もするし、要するに大したことじゃないと思うときもある。きょうは帽子をとって、ぴょこりと一つやっといた。バカらしいことの方が、やり甲斐《がい》があるような気がしたからだ。雨のせいかまわりには誰も人がいなかった。

日比谷からバスで家へかえるつもりだったが、試験のもようを訊かれることをおもうと、その気になれなかった。もっとクタクタにくたびれきってからでなくては帰れない。銀座へまわって喫茶店へ行った。

ガランとした二階のすみの椅子《いす》に、山田がいた。瘦《や》せて色の黒い顔が、憔悴《しょうすい》してますます長細く見える。——ゆうべからきょうにかけて、彼こそは最大の受難者だろう。高木の部屋で一と晩じゅう、彼は完全に何もしないで、ただ起されていたのだ。そして、けさは順太郎とは方角ちがいのX大予科へ受験に出掛けていた。

「どうだった?」と山田は訊いた。

「どうも、こうもあるもんか。眠くてたまらないから、数学の途中で出てきた」

「何だ、君もか」山田は、うれしくてたまらなそうに、白い歯を見せて笑った。「問題がやさしかったから、一応全部答案は書いたけどね、時間は半分で出ちゃったよ」

「しかし、一ととおり書いたのなら、まアいいじゃないか」

「それがダメなんだ。問題が非常にやさしい。あれじゃ四年修了の者でも大抵できちゃうよ。ということは、つまりおれたちは敬遠さ、ことしは、もう浪人三年以上はとるなという命令が軍から出ているというウワサもあるし……」

山田は、父親がS重工の重役のせいもあって、情報通だった。だから軍の命令でという話も案外本当かもしれない。しかし、時間の半分で答案を書ききってこられたのは好い気分にちがいない。数学が一問もできなかった順太郎とは大違いだ。――ぼくも、もし昨夜ぐっすり普通に寝ていたら、とふと思うけれど、それは山田に対しては無礼千万な考えだろう。……それにしても、昨夜の女というのも考えれば考えるほど不思議だった。F県の富豪（とはとうてい信じられないけれど）のメカケであるにしろ、何にしろ、ぼくらから見ればはるかに思慮分別のありそうなひとが、どうしてあんなことをしているのか、何であんなことをやらかすのか、さっぱり見当がつかないのだ。

「いったいあれは、どういう女なのかね。後藤にダマされて東京までついてきたというのも、へんといえばへんなんだが、それよりもはじめはあんなに黙っていたのに、電気を消すと急にあばれだしたりして……」

　すると山田は吹き出して云った。

「電気を消すとあばれだしたのは、おまえじゃないか。しかし女というのは、みんなああなんだ、おれは知っている」と、突然いきおいよく話しはじめた。「あれはだねえ、無論、後藤がダマしたんじゃなくてダマされたんですよ。おまけに君なんぞがチヤホヤするものだから得意になっていたんだ。ぼくにも抱きついてきたから、おもい切って頰っぺたを殴ってやったら、それでいくらかおとなしくなったんだがね。女の本性というのは、みんなああいったもんなんだ。どうせF県の田舎の町で、旦那というのは町工場のおやじか何かだろうが、そいつがきっと、もう一人、女をつくるかどうかしたんだな。それで彼女は温泉場へ気晴らしに出掛けて、そこに後藤みたいなバカがいるから、旦那へのツラ当て半分にからかってみたにきまっているよ」

山田のはなしは、どこか紋切型で、何かの本で読んだことのありそうなものだったが、順太郎はただ感心してきいているより仕方がなかった。

「しかし、はじめのうち、あんなにおとなしそうにしていたのに、電気が消えると、あんなに突然変っちゃったのは、どういうわけだろう？」

「それは、そういう傾向は、女にはよくあることでね……。おまけに彼女は、はじめて東京へ出てきたので、その点、気おくれもしていたんだろう」

「へえ……」

順太郎は、山田の云うことの全部をまともに受けとったわけではなかった。すくなくとも「女の頰を殴ってやった」などというのは出まかせであるとしかおもえない。けれども、聞いているうちに口の中に生臭いものをいっぱい詰めこまれた気持になった。赤茶けた髪の臭《にお》いや、頰や鼻にういた脂臭《あぶらくさ》さが、いっぺんに自分の口や鼻の粘膜のなかで想い出されて、たまらなく不快になってきた。と同時に、いままでこらえてきた疲労がどっと押しよせて、ものも云えないほど眠気がさしてきた。

一方、あれほど元気にしゃべりまくっていた山田も、話しおわると、なぜか突如として不興げに口を結んだまま、じっとあらぬ方角に眼を向けていた。

外泊すると、あとできっと家にかえるのが怖ろしくなるのは、どういうわけだろうか。

順太郎は、もうろうとした頭で、電車が自分の下りる駅についたのも、しばらく気がつかないほどだった。しかし半分眠りながら歩いているようでも、家のある路地にくると、いいようのない不安な緊張がやってきた。見おぼえのある塀《へい》や垣根が近づくにつれて、そういうものが無言のままで、ある正体のしれない怖ろしいことを伝えてくる。……子供のころ、外で遊びすぎて御飯の時におくれると叱《しか》られた、その習慣がしみついて、こういう怖ろしさをつくり上げるのだろうか。それとも、もっとほかに、人間の祖先が原始時代から、留守にした自分のネグラにかえるときの警戒心が、一つの本能になっていまにいたるまで残っているのだろうか。しかし順太郎にとって、怖さの根元の大部分は母親だ。おふくろさえいなければ、あらゆることが、もっとまっとうに行きそうな気がする。友達とつき合って、約束をやぶったり裏切ったりしなければならなくなる原因は大半、母親に気がねするためだ。こんなに長い浪人生活も、もとはといえば、おふくろが昔あこがれた高校生の帽子を息子の頭にかぶらせたいという、単純至極の欲望からだ。無論、いまはもう子供のときのような怒り方はしない。いや、この一年の間にも、その息子に対する態度はずいぶんちがった。以前なら、気に入らないことがあると、何時間もドナリつづけて、物をぶっつけたり、引っ搔《か》いたり抓《つね》ったりしたのだが、このごろでは怒るよりもむしろ恨みっぽい眼つきで、じっと顔を見つめることとの方が多い。その眼は、頤《あご》が三重にもみえるほど肥《ふと》った顔の、いわば噴火口のようなもので、体の中に燃えている怒りの心髄が、射すくめるような光を放っている。たとい全身がきかなくなることがあっても、その眼だけは最後まで生き残って、こちらを見つめるにちがいない。……ところが、その眼の光り方がこの一と月ばかりのうちに、めっきりちがってきた。あわれみを乞《こ》うような、すがりつくような眼つきになってきた。

どうして、そんな変り方をしたのか、その理由はしらない。ただ、どんな変り方をしているにしろ、おふくろの顔が怖ろしく、重苦しいものをつたえてくるということには変りはない。

だから玄関の戸をあけてみて、母親がいないとわかったときには、何よりもホッとした。自分の部屋にとびこんで、大いそぎで寝床の中にもぐりこむ。どこへ、どんな用で出掛けたのかは知らないが、ひと眠りする間には、家の空気にも慣れて、言い訳のこしらえかたに工夫をこらせるわけだし、気分にも余裕も出てくるわけだ。

翌日、順太郎が目をさましたときは、もう昼近かった。縁側に日が当って、庭のサクラがほころびかけている。

案に相違して、母親は何も云わなかった。ジロジロと体の上から下までを睨《にら》みまわすこともしなかった。彼女はただ、遅い朝食をとっている息子をせきたてただけだった。

じつのところ、救いは思いがけぬところからやってきていた。母親は昨夜、私立のP大の学友会の有力者に紹介してもらう約束をしてきていた。官立の高等学校しか受けさせないと云っていた母だが、P大には評判のいい医学部があるから、それならばいいという。

「P大の医科ならお前、三年浪人したって甲斐もあるよ」

母親にしてみれば、いまここで息子に文句を云っているよりは、一刻もはやく有力者の熊野氏のところへ挨拶《あいさつ》に行かせたがっているのである。

「…………」

順太郎は、わざと不機嫌そうに黙っていた。本当はもうP大の、医科ではなく文科の方に願書を出してある。あとで第二志望へ回されたと云えば何とかなるだろうという腹である。去年までの順太郎なら、この嘘《うそ》がバレたらという怖れを抱いたものだ。しかしいまの彼にはもうそんな殊勝さはのこっていない。現在こうして母親が上機嫌でいるなら、それでいいのだ。……ただ、いざ母親といっしょに熊野氏とやらを訪問しなくてはならないとなると、やっぱりそれは億劫《おっくう》だった。

母は鏡台の前で、女中に手伝わせながらサラシの布を体に巻きつけさせている。肥りすぎを多少とも細く見せようという算段である。それがすむと一張羅のムラサキ色の総絞りの着物にシナ刺繡《ししゅう》の帯を出させた。そのいそいそした様子を見ると、何だか胸がムカついてくる。

「さア、お前もはやく御飯をすませて……。けさは顔は洗ったの」

「いや、まだだ。……それからヒゲも」

と、ここですこしイヤ味をつけくわえてやる。……安全カミソリの道具を買ってもらったのは浪人二年目にかかったときだ。そのときの、おふくろの顔つきといったらなかった。彼女にとって息子が子供でなくなることは、何よりも自分の年をハッキリとわからせてしまうものだからだ。いつか親戚《しんせき》の従兄《いとこ》が云った。――お前のおふくろときたら、心の底じゃ、お前が落第するほどうれしいんだ。何しろ息子が大学生ということになれば、イヤでも自分が婆《ばば》アになったと思わなきゃならんからな――。

そういうことも、たしかに云える。しかしこのごろでは母親の心境には、もっと別の面のあることがわかった。つまり息子ができるだけ若者らしく、ザックバランな姉弟のような、あえていうなら恋人のような、態度でいてもらいたいと考えている。そのためには年齢が接近して見えるほうがのぞましいし、ウス汚れた「浪人」でいるよりは、キリッとした大学生であってほしいわけだ。

どっちにしても順太郎は、母親と肩を並べて街を歩くのは閉口だ。子供になったり、大人になったり、自分の心をめまぐるしく操作しなくてはならないうえに、他人の眼には何とも奇妙な見っともない二人づれにうつりはしないかという惧《おそ》れがある。……おまけに、きょうの総絞りの着物は、色合いが白っぽく派手なうえに、布地がボテボテしているから、肥った体の横幅がますます広く、ぱアッと道いっぱいに拡《ひろ》がっているようで、そばに並ぶだけでも気のひけること、おびただしい。

しかし「楽あれば苦あり」だ。きょうのところは我慢して付き合っておかないと、ひどく荒れられる危険がある。

一と月たった。山田も順太郎も結局、P大の予科に通うことになった。

何ともおかしな気持だった。いまさら「新入学」といった晴れがましい気持になれないのは仕方がないとしても、これまでよりはいくらかでもマトモな「表通り」を歩いているという感じも全然なかった。第一、二人で教室で机を並べて坐ると、異様な雰囲気があたりにただよいはじめるのだ。二人とも新しい学生服をつくらないで、予備校のときの服にボタンだけ新しいのにつけかえたのを着ていたせいもあるが、そんなことよりも二人は他の五十人のクラス・メートと、どこかしらまったく異った種類の人間であった。年のちがいということもたしかにある。けれども、クラスには彼等と同年の者だっていないわけではないし、浪人二年はめずらしくないのだ。それなのに彼等二人だけが、どういうわけか珍奇な二匹の動物のように見える。

一つには、二人が共通の秘密をもっていたからだろう。二人とも家には医学部に入ったことにして、文科に来ているのだ。このトリックは順太郎がすすめて山田にもやらせた。悪事は一人でたくらむより仲間をもった方が気が軽いし、それにどうせここまで一緒に来たのなら、同じ学校に行きたかった。

「こんなことをしていて大丈夫かなア。うちの親じは工科出の技術屋で、『機械は嘘をつかんからいい』と云うのが口グセなんだ。文科のしかも文学部へ行っているなんてことがわかったら、それこそ腰をぬかすぜ」

「だいじょうぶさ。何とかなるよ。見つかったら、そのときはあやまるだけのことさ。予科から学部にうつるときには、かならず他の科へ行けるようにします、とか何とか云っておけばいいよ」

「そうかな、しかしおれの親じは嘘をつくやつだけは許せん、と云う方だからな」

二人は一日に一度は、こんなことをヒソヒソと語り合う。こんなくらしは浪人のころにくらべて落ちつきのあるものとは云えなかった。話し合って別れたあとでは、おたがいに軽蔑《けいべつ》し合った。そのくせ次の日に顔を合せると、また同じことを心配したり慰めたりするのだ。

一方、後藤はあの日以来、高木の下宿に住みついて、女がF県にかえってからも、二人は転々と下宿をかわりながら、同じ部屋でくらしていた。きのうまで中野にいたかとおもうと、いまは浅草橋の台地の、待合と芸者家にかこまれた路地のおくのアパートにいるといった具合だ。

この二人に対しても、山田と順太郎は負い目を感じなくてはならなかった。ほとんど毎日のように顔をつき合せていた連中と、別の生活をはじめることは、それだけでも何となくウシロメタい気持がする。それに彼等は何といっても自己に忠実な生き方を押しすすめているところがあった。待合のとなりのアパートに住むことで、江戸情緒にひたっていると信じこむ彼等のトンチンカンさは、たしかに滑稽《こっけい》だった。しかし、その滑稽を貫きとおそうとする決意の固さは、いまの山田や順太郎には、はるかに及びがたいものに思われるのだ。そして高木や後藤が一種の立派さをもって考えられると、それだけ山田と順太郎とはおたがいに軽蔑し合う度が強くなるのである。その結果、二人とも学校へはほとんど出席しないことになってしまった。教室で顔を合せるたびに、山田は順太郎に、順太郎は山田に、自分のフンギリのない醜さを見せつけられる気がするのだ。

家を出ると、学校へ行くかわりに、たいてい真直ぐ浅草橋のアパートへ行く。そして日の暮れるまで、近所の喫茶店や一膳めし屋を足溜《あしだま》りに、ぶらぶら歩きまわって、何となく自分を取り戻したような、そのくせひどく傷つけられたような気になって、また家へかえってくる。

最初のうちは、山田と順太郎はほぼ交替に、一日おきに学校を休んでいたが、間もなく毎日のように浅草橋で顔を合せることになった。教室に一人で出ていると、取りのこされたようなイラ立たしさと、誰かを絶えず裏切っているような不安とで、どうにも気分が落ち着かなくなるのだ。こうして、いくらもたたないうちに、四人はまたもとどおりの生活にもどって行った。

下町というのは不思議なところだ。銀座でももう大豆の焦《こ》がしたのばかりで、本物のコーヒーを飲ます喫茶店はないのに、その「ブチ猫」という店では、大抵の種類の豆をそろえてもっていて、客の注文に応じていくらでも出す。店といっても、四畳半の高木の部屋よりはすこし広い程度で、十人ぐらいのきまった客が、入れかわり立ちかわりやってくるだけだから、外からのぞいても入りこむ余地がなさそうに見える。

やってくるのは、株屋や、家作持ちの旦那や、織物の仲買人や、そのほか得体のしれない雑多な人たちだが、みんな三十すぎの年輩で、無論、学生は一人もいない。そんなところへ、どうやって入れてもらえるようになったのか、高木と後藤はほとんど一日中、そこでねばっている。

後藤は時折、おくの台所へ首をつっこんで、コーヒーを焦がしたり、豆をひいたりするのを、うれしくてたまらなさそうな顔つきで手つだっているが、高木の方はいつ行っても店のすみの釘樽《くぎだる》の上にボンヤリ腰をかけている。話しかけてもハッキリした返事もせず、何を考え、何をしようとしているのか見当もつかない。

はじめてこの喫茶店につれてこられたとき、そのミスボラシさと贅沢《ぜいたく》さのごっちゃになった雰囲気に、順太郎はまったく眩惑《げんわく》されてしまった。そこには覗《のぞ》けそうでいて覗けなかった大人の裏側の世界が、いちどきにパノラマのように展開され、その中に坐っているだけで自然に子供から大人へ脱皮して行けるような気がした。

実際、そこにいる連中は何と冬眠している蛇に似ていることだろう。オートバイで駆けつけてくる株屋の親じも、腹巻からごっそり、ギョッとするような札束を出して勘定している木綿問屋の主人も、いまにもバラバラに毀《こわ》れてしまいそうな椅子《いす》に腰を下ろすと、みんな一様にどろんと眠そうな目になって、二三時間はそのままの姿勢でいるのだ。たまに二三人、柳橋の芸者がお湯の道具を持ってまぎれこんでくることがあっても、そちらの方は見向きもせず、主人が断わりを云っているのを無関心に聞いているだけだ。……そして、いまや高木や後藤も自分たちとははるかにへだたった、そうした大人のグループのなかにいるのだ、と順太郎はおもった。

「ここにくるのは、みんなコーヒー中毒にかかっているんだぜ」と後藤は云った。――コーヒー中毒、それは神秘のヴェールに包まれた世界で名誉ある勲章をさずけられた人の名前のようではないか。「だから、君もここでは中毒になっているような顔をしてくれなくては困るんだ。マスターが注文をききに来たら、『マラコジーペ』と云ってくれたまえ。それも『皮つきで』と云えば一番いいんだが、そこまでは云わない方がいいかもしれないがね」

云われたとおりに、順太郎は、

「マラコジッペ……」と注文した。すると色の黒い小作りの主人は、

「へへえ、マラコがお好きで。これはおどろきました。……しかしサントスではマラコはいける方です。ちょっと田舎くさい、土の匂《にお》いがしますがね。それだけにスレてない上品な、云ってみればまア、村長さんの箱入り娘というところですかな。……しかし、おどろきましたね、マラコジーペ・タウンの豆をご承知とは、お若いのに感心な。さすがは後藤さんの御親友だ。マラコなら皮のうんとついてるところを召し上らなくちゃいけませんよ。サーヴィスしておきましょう」と、一と息にまくし立てながら、ガラガラと豆ひきを回しはじめた。

「ほれ見ろ、君は合格だ」と、後藤は目まぜで云った。

順太郎は、ただアッケにとられるばかりだった。何だか馬鹿にされているようでもある。そして、出されたコーヒーを、これも云われるままに砂糖もミルクも入れないで一と口すすると、飛び上るほど酸《す》っぱいのだ。

「いかがです、すこしきつかったですか？」と云う主人に、

「いや、ちょうどいい」といまにも口から吐き出したいのを我慢しながらゴクリとのみこんでこたえた。

しかし、順太郎がいちばんイヤなのは、この店で山田と顔を合せることだった。山田もまた順太郎と似たあつかいをうけている。彼の場合は『旧政府のジアヴァ』というのを飲まされるのだ。主人によると、これもやはり田舎風のものだが、なかなか高雅な貴族的な味だという。……そんなものを目を白黒させながら、肩を四角ばらせて、やっとの思いで飲んでいる山田を見ると、異境で母国人に出会うときにもよおすという、自己嫌悪《けんお》に似た恥じらいをおぼえるのだ。

順太郎は、彼等、とくに後藤の態度がどうしてこんなふうに意地悪くなったか、理解できなかった。

雰囲気になれるにしたがって、自分も山田も、ただからかわれるために「ブチ猫」に行っているのだということがわかってきた。しかし、それだからこそ一層、彼等に接近せずにはいられないのだ。

——一体、ぼくのどこがいけないというのだろう？　ことによるとP大にしろ、ともかく学校に籍を置いて浪人を清算してしまったことが、気にさわるのだろうか。しかし彼等は試験さえ受けなかったではないか。自分でのぞんだとおりのことをしながら、ひとをうらやむ必要が、どこにあるだろう？　ぼくに悪いところがあるとしたら、高木や後藤と旅行に行こうと云っておきながら行かなかったことだ。それに後藤の女にあんなことをした。けれども、それなら彼等はなぜそのときに怒らないのだろう。どうして、いまになってこういう底意地の悪い仕返しをするのだろう。

その日も、順太郎は「ブチ猫」の毀れかかった椅子に坐って、れいの「マラコジッペの皮つき」のコーヒーをのんでいた。——それがどんなに怪しげなコーヒーだとしても、こうなったら意地にもウマそうな顔をして飲むより仕方がないのだ。それに飲みなれると、たしかに前ほど苦痛な酸っぱさは感じなくなっていた。

そのときだった。いつものとおり、黙ってそばに坐っていた高木が、いきなりひょいと順太郎の帽子をとり上げて、自分の頭にのせた。……それは、いくらか乱暴ではあったけれど、ひさしぶりに親しみにみちた態度だった。

「おや、高木、この帽子はおれよりも君に似合うじゃないか」

すると高木は「ヘッ」と、吐き出すような笑い声を上げながら、顔を真赤にした。

「どら、おれにも貸してみろ」と、こんどは後藤が手をのばした。

「どうだ、似合うか？」

「ああ、似合う、似合う」

しかし、じつのところ順太郎はギョッとしていた。後藤はF県の女からおくられたという焦茶《こげちゃ》色の着物をきていたが、その後藤が学生帽をかぶると、首をさかいに上と下とが、おどろくほど食いちがってバラバラの印象だった。すると後藤は、

「本当に似合うか。似合うなら貰《もら》っとくぜ」

と、笑いながら云うのだ。順太郎は、それがどのあたりまで冗談なのか戸惑った。

しかし結局、

「ああ、やるよ。気に入ったなら」とこたえないわけには行かなかった。

あくる日、順太郎は帽子なしの坊主刈の頭のままで、学校行きの電車にのった。その日は、どういうつもりで浅草橋へ行かずに学校へ行こうとしたのかわからない。しかし、ふとみると、学生服ばかりで満員になった真黒い肩波の彼方に、もう一人、坊

主刈の頭がポッカリ浮いたようにのぞいているのだ。山田だった。

順太郎はイヤな気がした。何も彼《か》もが一ぺんにわかったと思った。自分といっしょに山田まで帽子を取り上げられたとすれば、後藤のやったことは、その場のおもいつきではないし、これまでのイヤがらせもみんな計画的なものになるわけだ。……とおくから見ると、背の高い山田の頸《くび》すじの細さが余計に目立った。まだ、こちらには気がついていない。順太郎はドアが開いたら次の駅で下りようかと思った。しかし、人波を掻《か》き分けてまで下りる気にはなれなかった。逃げ出す必要はどこにもないわけだった。学校の一つ手前のM駅で半分ぐらいの客が下りた。順太郎は近づいて声をかけた。

「おう」山田は、おどろいて返辞をしながら、順太郎の顔を見ると不機嫌そうに眼をそらせた。しかし、その顔に順太郎はふと思いがけないなつかしさを感じた。

「後藤のやつに帽子をとり上げられた」と順太郎は笑いながら云った。山田は顔をくもらせたまま黙っている。

電車は駅についた。二人とも下りなかった。終点まで乗って、横浜の桜木町で下りた。

ふとい汽笛の音が聞える。小学生のじぶん遠足で来たことを想《おも》い出した。桟橋に赤と黄色のターバンを巻いたインド人がいたのを憶《おぼ》えている。けれども、きょうの海は灰色にくもって、外国船員の姿は見えなかった。

「おれは、もう『ブチ猫』へ行くのはよしたよ」と順太郎は云った。

「ばかばかしいからか」と、山田は低い声でこたえた。「あいつらは、おれたちの帽子を二つとも、おれの見ているまえでスミダ川へ棄てたよ」

二人は海べりの公園に出た。くもった空が大きく見えた。――もし、後藤がぼくらを羨《うらや》んでいるのだとしたらバカげたことだ。そういうことを想像することさえバカげたことだ。実際ぼくらは人に羨まれるようなものを何一つ持っていはしない。けれども後藤たちのしたことを考えると、そう思っているより仕方がないではないか。

海から吹きつけてくる風に、ふと帽子を抑える手つきになりながら、坊主頭を押えて、順太郎はそう思った。山田のレインコートの襟も風にあおられながら、彼の坊主頭をはたはたと叩《たた》いている。……帽子がないということは、こんなにも滑稽《こっけい》でタヨリないことだったのだろうか？　といって、もう一度、同じ学生帽を買いなおしてかぶる気にもなれない。たしかに川へ棄ててしまって惜しくもない帽子にちがいないからだ。

「いったい、おれたちはどんな帽子をかぶればいいのかね」順太郎はまた手で頭を抑えながら云った。「ベレーか、鳥打帽か？」

「よくないね」

「じゃ何だ。ソフトか、テニス帽か？」

「ますます悪いよ」

「じゃ、いっそシルクハットか、山高帽はどうだ？」

「いくらかマシだな」

「それなら一つ、思い切って軍帽はどうだ？　あの略式の戦闘帽じゃなくて、赤いハチマキのついているやつ……」

「そうだ」と山田は大きな声を出して云った。「あれを買ってかぶろうぜ」

「何もわざわざ買うことはないさ。兵隊検査なら、おれたちだって、いま受けてすぐに合格するだろう」

するとと山田は興奮して云った。

「おい、いまの君の話は本気か？　いまからでも、ことしの検査にまだ間に合うのか」

「徴兵猶予《ゆうよ》取消し願いってやつを出せばいいわけだろう。どうだ、いっしょに受けてみようか」

こんなに簡単なことを、なぜいままでおもいつかなかったのか。考えてみれば、いまシャバにとどまっていなければならない理由は何一つなかった。学校へ行くことも、怠けることも、どちらもツマラないことだとすれば、のこされたのは兵隊として戦地に出掛けることとしかないではないか。順太郎は目の前にいる山田と自分とが軍服をつけて向かい合っているさまを想像した。おたがいに、あんまり似合いそうにはおもえない。しかし、どんなに不恰好《ぶかっこう》な兵隊が出来上るにしても、いまの自分たちの醜さとは比べものにならないほど立派だ。山田は云った。

「おれは今晩、家にかえったら親じに何も彼もぶちまけるぞ。兵隊に行くと云えば怒ることもできないだろう。これまで毎晩、親じのやつがおれの書斎に入ってきやしないかとビクビクしていたんだが、もうそんな心配ともおさらばだ。……カムフラージュに本棚に医学の参考書をいっぱい買って飾ってあったんだが、あれを全部売っ払って二人で大宴会をやろうじゃないか」

その晩、順太郎は興奮のためになかなか寝つかれなかった。兵隊にとられると考えないで、こちらから「行く」と考えることは、何と爽快《そうかい》なものだろう。向うの方からやってくるのを待たないで、自分の方から何かをしようとしたのは、生れてこれが初めての気がする。雨のごとくに弾のふってくる戦場を、一人で駆けぬけて行く自分の姿が目にうかんだ。前進、前進！　自分で自分に号令を掛けながら、自分一人で突撃する。そうだ、ピストルをいっちょう何とかして手に入れよう。黒くて、重くて、小さくて、掌にぴたりとくる感触、自分のてのひらの中に一個の運命をにぎりしめているというその手応《てごた》えは素晴らしいにちがいない。むらがる敵を撃ち倒し、最後にのこった一発は自分のためにとっておく。

ところが、考えているうちに、どうしたことだろう。ふと股の間が熱くなってきた。どういう連想からか、後藤がF県からつれてきた女のことが憶《おも》い出された。赤茶けた髪の臭いと、白い足袋をはいた足とが不意に眼のまえに現われたままどかない……。どうせ戦場に出たら命はないものと思わなくてはならない。心のこりは、心のこりだ。しかし、そのためになら、どうしてもっと他の女のことを想い出せないのだろう？　あの醜いデタラメな一夜のほかには、自分には想い出になるようなことは一つもないのか。……女といえば、自分は冷たい消毒剤の臭いのする売春婦しか知らない。いつかセーラー服を着た娼婦《しょうふ》の家へ上ったら、そのお下げ髪の女はスカートをひらくと、いきなり枕元《まくらもと》の鼻紙で大きな音をたててハナをかみ、「はやくすないのかよウ。こっつはいそがすいのよ」とどなり声をあげた。どこかに、もうすこしやわらか味のある、せめてそぶりだけでも優しくしてくれる人はいないものだろうか。

翌朝、目をさましたときには、あらかたの興奮がみなさめていた。朝食のお膳の横に新聞をひろげて、ミソ汁をひとくちのんでは拾い読みしていると、肥《ふと》った体をひきずるようにしてやってきた母親が眼のまえにべたりと坐った。フジ色のセルの着物に包まれた膝頭《ひざがしら》がフット・ボールを二つ並べたほどである。頰杖《ほおづえ》をついて庭の方をながめているその顔は、何の悩みも屈託もなさそうだ。毎日が、だるく、やすらかに、河の水のように切れ目なくながれている顔つきだ。昨日から今日へ、今日から明日へ、何の変りもなく流れて行くことを信じきっている。そしてこの同じ運命を息子にも期待している。学校の選択にはあれほど頑固に自分の主張をゆずらなかったくせに、「P大は私立だが、医学部だけは官立なみだ」という聞きかじりの評判を鵜《う》のみに信じこんで、いまは息子が医科へかよっているものと夢にもうたぐっていない。……この母親に、これから学校をやめて兵隊に行くということを、一体どうやって説明したらいいのだろう？　どんなに云って聞かせても、おそらくはただ感情をたかぶらせて、まるで捨てられた女のように、わめき散らして嘆くばかりではないか。

しかし、それよりもなお困ったことは、順太郎自身、昨日あれほど熱中して考えたことが、けさになってみると一向に変哲もないものにおもわれるのだ。

一体これは、どうしたことだ？　母親を説きふせようとするまえから、もう自分でその言葉が信じられなくなっている。まるで母親と自分の間に電流のようなものが通じ合っていて、彼女がイヤだとおもうことが自然にこちらもイヤになるように出来上っているとしかおもえない。

しかし、イヤになったからといって一人でやめてしまうわけには行かない。山田との約束がある。どうせ母親に相談をもちかけることがムダであるなら、いっそ眠っている子を起すようなことをするよりは、黙っていて、やるだけのことをやってしまった方がいいにきまっている。だが、それだとますます自分の気持がグラついてきはしないか。

どうか山田の方でも気が変っていてくれるといいのだが。順太郎はひそかに、そうねがわないわけには行かなかった。ともかく学校へ行ってみた。約束どおりに山田はいた。ふだんは同級生の誰とも口をきかないのに、教室のドアを半分あけて廊下と教室と半々にまたぎながら、四五人の生徒と何か話している。階段を上ってきた順太郎をみとめると、手を上げて近づいてきた。

「おい、手続きは簡単だぞ。届を書いて寄留地の役所の係りに出せば、それでいいそうだ。さっき教練の教官からきいてきた」

「ほう……」

順太郎は、なるべく意気ごんだ様子をみせながら相ヅチを打った。けれども、じつにこのときから裏切りがはじまっていた。

徴兵猶予取消し願いの受けつけは五月いっぱいということだった。シメキリまでに、あと一週間しかない。戸籍その他の書類をとりよせたりする時間をいれると、正味はもっと少なくなる勘定だった。山田は早速、手続きをとってきた。

「おい簡単なものだ。これでやっとサッパリした」と、山田はシンからせいせいした顔つきだった。

「猶予願いのときとちがって、取消しはじつにサーヴィスがいいぞ。係りにシャンな子がいてね、それが自発的に兵隊になりに行くと云ったら、彼女はぜんぜん感動しているんだ。——どうぞ、お大事に、って云ったぞ。お前もはやく行けよ。区役所は渋谷だろう。それなら、おれと同じだ。じつに可愛《かわい》い子だぞ」

と、まるで運動選手が遠征旅行に出掛けるときみたいなハシャギかただ。彼の場合、父親も親戚《しんせき》も、そろって彼の入営に賛成だそうだ。「親じは、おれが軍医になるつもりだと思ったらしいんだが、おれが医科でなくて文科だと云ったら、やっぱり顔色がかわったよ。『勘当だ』と云うから、それはわかっていますと云ったら、急にシンミリしやがった。親戚の連中はどうせ厄介ばらいだと最初からおもっていやがるのさ」

そんな話をきくにつけても、順太郎は母の顔色が気にかかった。化粧を落すとムクんでナマリ色に見える皮膚は、想《おも》っただけでも胸がムカつくが、かといってその母を裏切ることを考えると、どうしようもなく気が重くなってくるのだ。

日は、たちまちのうちにたって行った。取りかえしのつかないことが起りつつあるようで気が気でないが、手のつけようのない数学の問題をまえにして、時計の針のうごくのを眺めているような毎日だった。自分一人の手には決しかねて、ついに順太郎は山田に云った。

「どうも、おれは役所は苦手なんだ。いっしょについてきてくれないか」

「いいとも、またあのシャンに会えるわけだな」山田は気軽にこたえた。

「明日、あさ九時に役所の前で会おう」

「よし」

山田と別れて最初に考えたのは、どこか手軽に行けるところへ旅行することだった。

半日ひとりでボンヤリしていたら善い考えがうかぶかもしれない。これまで毎年、方々の地方の高等学校を受けに行っているから旅の仕方は少しは知っている。さいわいポケットの中には、山田といっしょにデタラメに買った医学の本をまた売った金や何かを合せて、いつもよりはずっとたくさん入っていた。

しかし、明朝九時という約束の時刻を考えると、そんなに早くかえってこられそうなところは、なかなかない。まっすぐ家にかえる気はないので、新宿で古い映画を専門に上映しているK座へ入った。「望郷」という浪人一年目の試験を受けに四国のK市へ行ったときやっていた映画だ。途中から見て前の半分は見ないで出てきた。街はもう灯がついていた。映画館のウラ側は遊廓《ゆうかく》だ。外側から見ると大きな公衆便所のようであり、中へ入ると中学校の玄関脇《わき》にあった応接室に似た部屋がずらっと並んでいる。あんなところへ入るのは、もう御免だ。浅草橋へも行く気はしないし、行きどころを失ってブラブラそのまま駅の方へ歩きかけていると、靴屋のショー・ウィンドウのかげから、こちらを向いて笑っている女の子が目についた。真赤なジャンパーに赤い靴をはいている。しかし顔は日本人形に似て服装とはチグハグな感じだった。

（誘えばきっとくるだろうな）

背中に一面、むず痒《がゆ》いものを感じながら、そのまま歩きつづけた。しかし、結局何のために歩いているのかわからない気持になって、行きあたりばったりに新宿御苑《ぎょえん》のうら通りを入ったあたりの「新興喫茶」というのに入った。戸口に顔をのぞかせていたのが、後藤のつれてきた女に似ていたからかもしれない。浪人二年目の試験のあとで、やはりこの辺のこういう店に入ったことがある。そのときは友達がいたが一人できたのは、はじめてだ。戸口の女がそばにきて坐った。

「君、F県からきたの」と訊《き》くと、女は黙って顔を見かえしながら、いきなり人の脚をツネって、どういうつもりか不自然にきこえるカン高い笑い声を上げながら、「まア飲みましょう、飲みましょう」と、それぱかりを何べんでもくりかえした。

…………

どれぐらいたってからだろうか？　順太郎は女の部屋で目をさました。オレンジ色のカーテンに日が当って、部屋の中が真赤にみえる。どうやら昨夜の女のアパートへいっしょについてきた記憶がある。どの部屋からか赤ん坊の泣き声がへんにナマナマしくきこえた。壁にシュミーズが、くたびれた女の体をそのままの形で、だらりとぶら下げられてあり、カモ居の棚に古びた雑誌がならんでいる。いつの間に脱いだのか順太郎の学生服は、ふとんの裾《すそ》の方にたたんで重ねてあった。何時ごろだろう？　と腕をまくってみたが時計がない。

突然、彼は恐怖心のようなものが胸に刺しこんでくるのをおぼえて跳び起きた。九時に約束の役所の前に行かなくてはならない。大急ぎで服を着かえて、玄関までできたが靴がない。うろうろと下駄箱をさがしていると、うしろから鋭く声がかかった。

「何してんのよ?」

黒いスカートに白いシャツを着たその姿は、学校の先生のようにみえるけれど、よく見ると、やっぱり昨夜の女だ。

「かえるよ。いそぐんだ」

順太郎は追い立てられて情ない声になるのを意識しながら云った。すると女は、さらに一層鋭く叫んだ。

「かえるって、あんた、このまま一人でかえるつもり。あたしの部屋で待ってるのよ。一緒について行く人がいるから……」

金の請求をうけているのだということが、しばらくたってからやっとわかった。ポケットをさぐってみたが一文もない。

(監禁されているんだ)そうわかった瞬間、順太郎は何故《なぜ》か、ふと安堵《あんど》に似た溜息《ためいき》がもれた。

――たしかに、おれは安心している。おれは何てみにくいんだ。何てことをしちまったんだ。

順太郎は女の部屋にかえってつぶやきかえした。しかしその声はムナしく自分にかえってくるばかりだ。

カーテンの隙間《すきま》から外をのぞくと、うす暗い路地をカバンをかかえた中老の男の歩いて行く後姿が見え、アパートの玄関からにぶく時を打つ音が聞えてきた。

質屋の女房

はじめて質屋へ行ったときのことを憶《おぼ》えている。友達におしえられて、夜、路地の奥にある店へ入った。ノレンをくぐって格子戸《こうしど》を開けるとき、大罪悪を犯しているような気がした。——自分はもう、これで清浄潔白の身分ではなくなる。堕落学生の刻印を額の上におされるのだ。

分厚い欅《けやき》の台の上に、腕からはずした時計を置いた。

拾五円くれた。店を出るとき、

「ありがとうございます」と、番頭とうしろに控えた小僧とに頭を下げられ、変な気がした。

金をもらったうえに、礼を云われる理由が、咄嗟《とっさ》にはどういうことか合点が行かなかったのである。

それから半年たたないうちに、僕はもう一っぱし質屋との駈《か》け引きをおぼえ、〝またぎ〃と称する奇怪な利息法のカラクリや、何をどんな時に持って行くのが一番得か、などということを得意げに友達に教えたりした。

家のちかくに私鉄のT線の駅ができて、その傍にもコンクリートの庫《くら》のある質屋が建った。

それまでも家の近所に一軒、質屋があったが、そこへは僕は出入りしていなかった。おふくろと二人ぐらしの僕は、あんまり家の近くの店だと母親に嗅《か》ぎつけられそうな気がしたからだ。

おふくろは、僕が外でしていることには何も気がついていない振りをしていた。毎日学校へも行かず友達の下宿で妙なものを書きつづっていることも、旅行に行くと称して吉原や玉の井へ泊ってくることも……。そのくせ、どうかした拍子に、乱雑な僕の机の抽《ひ》き出しの中にあるものを、いつの間にか引っ張り出して、何食わぬ顔で僕の眼にとまるところへ置いてあったりするのだ。おふくろが一体、どのへんまで意識して、そんなことをするのかは判《わか》らなかったけれど。

そんなことがあると、僕は母親の眼つきを恐れながら、同時にそのヤリ口に腹が立った。しかも、こちらが怒ればヤブ蛇になるだけだから、一層いら立たしいのである。

その日も、たしか自分の部屋に収《しま》っておいたはずのFからの手紙が茶の間のラジオの上に乗っていた。Fは、おふくろが嫌っている僕の友人だ。いまでは僕もFと付き合っているわけじゃない。そのことは、おふくろにも云ってあるし、認めてもいるはずだ。しかし僕は文句を云う気にはなれない。云ってみたところで、おふくろは、「おや、そうかい」としか云わないし、それ以上押せば、こんどは自分がFのことでどんなに迷惑をこうむったか、とそればかりをクドクドと云いはじめるにきまっているからだ。

で、僕はわざと、おふくろの見ているまえでFの手紙をゆっくりポケットに入れ、二階の自分の部屋に引き上げたが、そのままではまだ気が収まらなかった……。そしてふと、あの質店で金をつくって、どこかへ出掛けてみようと思ったのだ。どっちみち、疑ぐられるなら、おふくろがイヤがるようにした方がいい。

格子戸をあけて、僕は意外な気がした。

店の上り框《かまち》の座敷に、和服にカッポウ着をつけた女が一人、こちらを向いて坐っている。それだけのことだが、何となく勝手がちがって、僕はとまどった。

「いらっしゃいまし」

女は、そう云ったあとで、ふと笑った。すると、なぜだろう、女の白粉《おしろい》気のない顔が、急に輝やいてみえた。

「あの、初めて来たんだけれど」

僕は落ちつかない気持で云った。すると女は、どういうつもりか、

「お近くなんでしょう、お宅は」と、また微笑して云った。「――でしたら別に、うちの方はよろしいんですよ」

僕は、ちょっとの間、何のこと云われているのか、わからなかった。――この人は、僕が質屋になど来たことのない坊っちゃんだと思っているのだろうか？

そんなことを考えたのは、じつは僕自身が自分をそんな風に見てもらいたかったからにちがいない。けれども、それはこちらの思い過ごしだった。彼女は単に、これまで取り引きのなかった客に取らなければならない手続きを省略しようと云っただけだ。

それでも、ともかく僕が泥棒などする男ではないと、一と眼で信用してくれたことは、有り難くおもってしかるべきことにちがいなかった。

僕は、持ってきた大きな冬の外套《がいとう》を彼女のまえに差し出した。まえにも云ったとおり、出がけに僕は腹を立てていたから、まっ昼間、こんな大きなものを抱えてきてしまったのだ。しかし、いまになってみると少し恥ずかしい気がした。

「冬ものですね」と彼女は云った。

それから膝《ひざ》の上に拡《ひろ》げて、指で撫《な》でながら、

「いい外套だこと」と、ひとりごとのように云う。

「いくらになる」と、僕は訊《き》いた。

「そうね……」彼女は笑った。「おとうさんに訊いてみなくちゃ」

僕はダマされたような気がした。どうせ彼女が値踏みするのでなければ、こんなに緊張する必要はなかったわけだ。しかし、それよりも彼女の云った「おとうさん」という言葉が僕を端的に刺戟《しげき》していた。

彼女は「おとうさん」を呼びに立ち上った。黒っぽい着物の裾《すそ》から、白いピッタリした足袋がのぞいた。年齢にくらべておそろしく地味な、おふくろの着ているものより、もっと地味な着物だった。「おとうさん」が彼女の父親でないことは、たしかだ。しかし彼女は普通に結婚しているおかみさんのようにも見えないのである。

「おとうさん」がやってきた。彼の特徴はいっぺんで眼につくものだった。物凄《ものすご》く大きな体つきなのだ。どちらかといえば小柄な彼女がそばに並ぶと、男の肩ぐらいまでしかない。肉づきも素晴らしく、茶色い大島の着物をもくもくうごかしながら眼の前に坐ったところは、まるで牛か羆《ひぐま》がいるようだった。年は五十ぐらいだろうか。女房とは二十ぐらいは差がありそうにおもえた。

「いい外套ですな」彼もまたそう云うと、軀をゆするようにしながら、

「そうですね、勉強して五拾円ぐらいまでなら」

僕は驚いた。予想したよりずっといい。戦争が長びくにつれて、むかし買った古い物の値が逆にだんだん高くなっていることはたしかだが、それにしてもこれは飛び切り高い値段におもえた。僕は勿論《もちろん》、満足だとこたえた。男は、大きな膝の上で器用に外套を四角く畳みかけたが、

「おや」と、熊のように太い頸《くび》を上げながら云った。「これは、どうしました。襟のこんなところが擦れている」

しまった、と僕は思った。襟の先が一部分、切れかかっているのは僕も知っていた。

「これじゃ、仕方がない。半値がせいぜいですね」

それだって悪い値段ではなかった。しかし、どうしたことか僕は、自分の人格が半値に切り下げられたような気がした。

女（というより、こうして男のそばに並んでみると、あきらかにおかみさんだったが）は、紙幣を手下げ金庫の中から数えて取り出しながら、僕の顔を見てまた笑った。僕は、ひどく情ない気持で、それを受けとった。

その金を何につかったかは、おぼえていない。おぼえているのは、夏がきて、秋がきて、冬になっても、その外套を受け出して着る気になれなかったことだ。

その間に僕は、何度か利子を入れたり、他の品物をあずけたり、よその質屋へ入れた物を受け出して、またその店へ持って行ったりした。

そのたびに彼女は、あの含み笑いを見せながら僕に話しかけてきた。……店の中は、いつもひっそりしてお寺のように陰気だった。奥に金庫のように頑丈な鉄の扉のついた倉庫が見える。そこから死んだように重苦しい空気が冷たい風になって流れ出し、あたりを黴《かび》の臭《にお》いで浸していた。ただ彼女が笑うと、そのまわりだけが灯がともったように生きかえって、まともな、人の住んでいる家を想《おも》い出させるのである。

僕は用心しなければいけないと思った。あれから「おとうさん」はほとんど店へ姿を見せなかったが、彼女の笑顔を見るたびに、そのうしろに寛大なのか、ぬけめがないのか判らない、巨《おお》きな男のいることを忘れるわけには行かなかったからだ。

ところで、こんな風に云うと、まるで僕はその質屋の女房に恋愛していたように思われるかもしれない。しかし、そんなものではないのだ。と云って、それでは恋愛とはどんなものかと訊かれても困るが、とにかくそのころの僕は、ただ何となく彼女の店を利用していたにすぎない。しかし、こういうことは云えるだろう。金を借りる側にとっては、いかなる場合でも相手に信用を博そうとか、そのためには相手に好かれたいとかいう気持が絶えず働いており、それは恋愛によく似た心のうごきを示すことになる、と。……僕自身でも、何度も通ううちに、はっとするようなことがないわけではなかった。

夏休みも、そろそろ終りかけたころ、学生服を受け出しに行くと、青い顔で番台に頬杖《ほおづえ》をついていた彼女が、

「あんた、恋愛でもしてんの？」

と、狎《な》れなれしい口調できいた。

「どうして？」

「だって好きな人でもなきゃ、こんなにお金がかかるわけはないもの」

僕は咄嗟にどうこたえていいかわからなかった。すると彼女は、親もとから学校へ行きながら、こんなにたびたび質屋へくるのは、どこかに愛人をかくまっているとしか考えられない、と云った。僕にはそんなことはなかったから、これは即座に打ち消した。

「でも、あんたは童貞じゃないわね」

「そりゃ、そうさ」

「ふーん。あんまり親に心配かけるもんじゃないわよ」

僕はなぜかギクリとした。余計なお世話だ、と云ってやりたい気もした。しかし、ふと見ると、彼女は青い顔に汗をにじみ出さしていた。それは、いつになく醜い感じだった。首筋に覗《のぞ》いてみえる真っ白い半襟まで汗臭いように思えた。しかも彼女はその前屈《まえかが》みの姿勢の中に、かつてないほど強烈な「女」を全身で発散させていた。

新学期がはじまったが、僕の生活はまったく変りばえがなかった。相変らず学校も怠け、堕落することにも熱意がなかった。

おふくろは友人のFたちのことを警戒していたが、僕は彼等からも見棄てられていた。僕には彼等のように思い切ったことは出来ないし、それ以上にマメに勤勉に「堕落の道」を歩きつづける根気がなかった。遠い親戚《しんせき》に一人、一生涯はたらかず、女房ももらわず、財産がなくなってからは葬式の提灯持《ちょうちんも》ちになって、死んだ男がいる。「おまえも、あんなふうになりたいのか」というのが、おふくろの僕にあたえる教訓の十八番だが、じつはそういう彼女が僕をその男に似るように仕向けていたともいえる。おふくろは僕に何もさせたがらず、また僕がいつまでたっても何も出来ないということが彼女を満足させていたのだ。だから質屋の女房が僕に意見したことは見当ちがいだ。僕は、すくなくとも積極的に親不孝だったことは一度もない。

僕は、れいの「旅行」さえもしなくなった。おもに東京の反対側のはずれにあるその町まで足をはこんで、エナジイーを費やし、また帰ってくるということが、考えただけでも面倒だった。それよりは、いっそ質屋で話しこんでいる方がマシにおもえた。

そんな僕を彼女は、こんどは「旅行」によって罹病《りびよう》した伝染病患者だと思うらしかった。彼女は平気でそれを口に出し、自分もなったことがあるからわかるのだと云った。

「だから、わたしは子供ができないのよ。このごろは、もうそんなに欲しいとはおもわなくなったけれど……」

僕は彼女の以前の職業に興味をもったが、それをこちらから訊き出すことは、やはりはばかられた。

彼女の主人(と云うべきか旦那と云うべきか)である大男のことは、一層わからなかった。あちこちに、いろいろの種類の店を何軒かもっており、日をきめて一軒ずつ廻っているような風だったが、それもはっきりはわからない。

いつか彼女は僕に、映画の切符をくれようとしながら、

「つまらないわ、わたしは。こんなものを貰《もら》っても外へ出るわけに行かないんだから」と云った。

その言葉に僕は、現在の彼女ばかりでなく、これまでの彼女の境遇も示されているようにおもったが、敢《あ》えて元気づけるために云ってやった。

「どうして？　留守番をたのめば、出られるじゃないか」

「だって、一人じゃ……。あんた、ついてってくれる？」

「僕でよければ、つき合うよ」

しかし、彼女は果して、笑って首を振っただけだった。はじめから僕には、それがわかっていた。彼女は主人に忠実であり、僕はそれを好ましく思うと同時に、いっしょに町をつれて歩いてやれないのは、やはり残念だった。

世の中は、いよいよ奇妙な混乱をていしていた。ある日、映画館に入ると、バドリオ政権ができてから禁止されているはずの「ファシストの歌」をやっているので、おやと思い、出てみると町ではイタリヤの降伏と、ムッソリーニの復権をつたえる号外売りが走っていたりした。

あらゆることが、中途半ぱで消えてなくなったり、かと思うと、いきなり途中から始ったりしているようだった。

払底した陸海軍の下級将校を、速成でおぎないをつけるために、大量の学生が動員されはじめた。そのころ僕は、質屋で妙な仕事を受けもたされることになった。突然出征した学生が質に入れっぱなしで行った本を、整理することを申しこまれたのだ。

僕は、本のことなど知らないから、と正直に云ってことわったが、

「おとうさんよりは知ってるでしょう」と云われると、引き受けないわけには行かなかった。

僕は質屋の庫の中というものに、はじめて入った。中には太い木の枠《わく》が組まれ、ネズミ除けの金網が張りめぐらされて、座敷牢《ろう》というのは、こんなものかと思った。二百冊ばかりの本は翻訳ものの文芸書が主で、他の単行本もほとんど新刊書ばかりだから、整理して間違いなく預ったものが揃《そろ》っていることをたしかめながら、リンゴの箱へつめるほうだけの仕事は、別段、難しくも厄介なものでもなかった。バルザック全集、ジイド全集、ドストエフスキー全集、それにゲーテ全集、大思想家全集だのというのが、一冊の欠巻もなしにそろっているのを見ると、よくもこんなに全集ばかりあつめたものだと感心させられるが、しかもそれを全部質に入れたまま入営してしまった男というのは、いったい何を考えていたのだろう、と不思議な気もした。そし

てしまうのである。おそらく彼は、僕のような男がその蔵書を整理したとは一生知らずにおわってしまうのである。

そんなことを思いながら、僕はふと、この男も自分のように、これらの本を何冊かずつ抱えては、この質屋にやってきたのではあるまいか、とおもった。読みもせず、売りとばしもせず、ただあとで利子をつけて取りかえすために、一冊買っては一冊質に入れ、またその金で一冊買う、そんなことをくりかえしている男のことが、急に一種の親しさをもって感じられてきた。と同時に、そんな機械的な反復のほかには何もせず、何をしようとも思わなかった男が、この金網に囲まれた庫の中で自分と向いあっているという、何ともイラ立たしい幻影が僕の全身にまつわりついてくるような気がした。

「どうも、ご苦労さま」

彼女が云いながら入ってきた。格子《こうし》ごしに覗くと、土間に立っている客の姿が、逆光線で黒い影法師のように見えた。女は片側の壁に梯子《はしご》を掛けると、四五段上って、器用にハトロン紙のたとうに包まれたものを抜き出した。職業的に熟練した動作だった。

「危いぞ！」

僕は床に腰を下ろしたまま、梯子の上の彼女を見上げて云った。不意にナフタリンと織物の混り合った臭いが鼻をくすぐって、黒い着物の裾《すそ》から出ている足袋の白さが眼についた。

「いやア」

女は女学生のような声で云うと、僕の顔を見下ろしながら一瞬、梯子の上で身を固くした。片手にたとうを抱えたまま、ぎごちない動作で梯子を下りきると、

「意地悪」

と短く云って、出て行った。すると僕は、まつわりついている「反復」の幻影から、ほんのしばらく自分が脱け出していたことに気がついた。

その晩、彼女は僕に夕飯を食べて行くようにと云った。僕は、それを断った。好意を無にしたくはなかったが、その日僕のしたことの礼として何かを振舞ってもらうのがイヤだったからだ。

「でも、こまるわ」

彼女は僕の顔を見上げながら、実際に困惑している声で云った。

「いいんだよ。何でもないことだもの、あんなこと……」

僕は、まえ云ったことを繰り返した。

「そう？　でも、こまっちゃうな、あたし」

彼女は眉根《まゆね》にしわをよせて、ほとんど懇願にちかい態度だった。僕は反射的に、あの熊のように大きな体軀《たいく》の男を想いうかべた。彼はきょうはよそへ廻っている。しかし、あの男が彼女に、仕事がおわったら僕に飯を出すようにと云いつけて置いたにちがいない。

彼女は、また小声に云った。

「こまっちゃったな。ああ、こまっちゃった」

「…………」

僕は不意に、うつ向いて立っている彼女の軀《からだ》を抱きしめてやりたくなった。しかし、いまそんなことをすれば彼女は怒るかもしれない。僕は、かろうじて衝動を抑えながら思った。彼女の昔の職業のことが漠然と頭にあった。あの商売の女は身持が固いということだ。彼女たちは自分の体を職業意識でまもっているからだ。

しかし、彼女は怒るだろうか、本当に？　僕は自分の軀がこわばってくるのをイラ立たしく感じながら、本のページをひるがえすように、同じことをくりかえして思った。彼女を怒らせることよりも、自分が怖いんだろう？　僕は、前のめりに、不器用な手つきで彼女の肩に手を置いた。……おもいがけないほど彼女の肩は柔らかだった。そのくせ軀は棒のように固い。そう思った次の瞬間、彼女の顔はまるで僕の胸にぶっつかるように跳びこんできた。甘酸《あまず》っぱい髪の臭いと、ほてった肌のにおいが、僕の顔一面に漂った。

……あたりが、すっかり暗くなったころ、僕は茫然《ぼうぜん》と家へかえった。頭が熱く、喉《のど》がひどくかわいている。

「何処《どこ》へ行ってたの、いまごろ」

母親は刺すような眼で僕を見ると云った。

どこだっていいじゃないか。僕はこたえるのが面倒くさく、立ちはだかったおふくろの軀のわきをとおりぬけて真直ぐ自分の部屋へ行こうとした。

「お前……」と、母は狼狽《ろうばい》しながら呼んだ。

「これをごらん、夕方きたんだよ」

差し出されたのは、召集令状だった。――十二月十二日、高崎の歩兵聯隊《れんたい》に入営するように指示されている。あと一週間の猶予《ゆうよ》だ。

一週間、何をする暇もなくたった。毎日、まだこんなに知り合いや、親戚がまわりに残っていたのだろうかと思うほど、入れかわり立ちかわり、波がよせるようにいろいろの人がやってきた。

入営の前日は、おふくろまでがすっかり取り乱して、やってきた親戚の連中が寄り合って食事の支度や何かをするさまを、ぼんやり眺めている。そして、僕自身はこの騒々しさをすこしでも早く脱け出したい、とそれだけしか考えていなかった。

夕食がおわったころ、一とき、潮がひくように家じゅうが静まったときだった。玄関で低い声がした。何げなく、僕は自分で立って出た。

暗い格子戸の外に立っている人影を見たとき、僕は喉がつまりそうだった。……彼女だった。ネズミ色の和服コートの上に、町会の婦人部のバッジをつけているのが、なぜか憐《あわ》れだった。

「お忘れになったのかと思って……」

僕は胸の中が真っ黒くなるような気がした。決して忘れたわけではないにしても、彼女のことを思いやることがまったくなかったのは、たしかだった。……しかし、僕が恥じらいのあまりほとんど恐怖に近い心持を味わうのは、まだこれからだった。

「これを……」

と、彼女が微笑をふくむように差し出したのは、四角く畳んだボッテリとした手ざわりでやっと憶《おも》い出した僕の外套《がいとう》なのだ。

「途中で風邪をひかないように……。それから、これは失礼かもしれませんけれど、あの方はあたしからのお餞別《せんべつ》にさせて」

彼女は明るい笑いをうかべながら、それだけ云うと、さっと暗闇《くらやみ》の中に姿を消した。

僕はただ一言もなく、しばらくの間は無意味に指の腹で、外套のすこし擦り切れた襟のあたりを撫《な》でていた。

家族団《だん》欒《らん》図

年ごとに私は父親に似てくるそうである。母親が生きていたころは母親がそう云ったし、いまでは女房がそう云う。いずれの場合にしても、それを云われるたびに私はイヤガラセを受けているような気持だ。これは一つには父の容貌《ようぼう》がけっして眉目秀麗《びもくしゅうれい》というわけには行かないせいであろう。つまり私は父親に似て醜男だということを遺伝学的に納得させられるわけで、当人にとっては何とも責任のとりようのない問題を押しつけられているような気分なのである。

しかし、このごろでは私自身も自分が父親似であることを承認せざるを得なくなった。鏡に向っているときはそうでもないが、写真にうつされた自分をみると、顔といわず全身の姿勢までが不気味なほどに父に似ている。このことから私は、鏡というものが決して客観的に自己の姿をうつし出すものではないということを悟ったが、それ以上に私は一種の無力感にとらわれるのである。よく歌舞伎役者や事業家の御曹子《おんぞうし》は二代目であることの劣等感になやまされるという話をきく。しかし私の無力感は、そういった余りに偉大な父親に自分をひきくらべるといったものでは勿論《もちろん》ない。そういう意味では私は、ごく平凡な家庭にうまれ、ごく平凡にそだてられてきたといえると思う。だが一軒の家の中の親子は、平凡は平凡なりの軋轢《あつれき》もあれば確執もある。他人の目には何でもないことだって、当人にしてみれば極めて重大に考えられることもある。——これは私の友人の話だが、彼の父親は停年で銀行を退職すると、毎朝、マキを割って飯を炊《た》くようになった。

「目が覚めると、パアーン、パアーンと薪《まき》を割ってやがるんだ。『飯はやっぱりマキでなくっちゃ、こうフックリとはふくらまない』なんて、ひとりで悦に入っているんだがね、それならせめて薪は昼のうちにでも割っときゃいいのに、かならず朝、起きぬけにやるんだからかなわない。狭い路地裏で、近所迷惑だとおもうから注意してやりたいんだが、いざとなると可哀《かわい》そうな気がして、それも云えないよ。とにかく目下のところ、親じにとっちゃそれが唯一《ゆいいつ》の娯楽なんだからなア」

友人は口もとに一種悲愴《ひそう》な笑いをうかべて、そう語った。たしかに、これは現代日本の悲劇的な一場面ではあるまいか。飯を炊くより能のなくなった父親をマザマザと目のまえに見せつけられることは、それだけでも息子にとっては苦痛である。しかも、朝まだき路地裏にはじけ飛ぶ薪の音は単に安眠妨害のタネという以上に、痛切なひびきを伝えるにちがいない。いまそれをウルさいと思ってきいていても、いつかは自分もまた薪割りの役を負わなければならなくなるかもしれないのだ。

私の場合、父は停年退職をしたわけではなかった。敗戦で職業軍人の地位を追われ生活の手段を失ったまま年とったのである。かんがえてみると、終戦以来どうやら私が自立してやって行けるようになるまでの十年間、どんなふうに活きつないできたのか不思議でならない。乞食《こじき》と泥棒とはしなかったようなものの、ほとんどその一歩手前のところまでは何度も行った。戦後の混乱期に巻き込まれて私たちは苦しんだが、あのような混乱期でなければ出来るはずもないことをやったからこそ、きょうまで生きのびることが出来たともいえる。とにかく死にたくはない一心の無我夢中ですごした十年間だった。そしてトリトメのないどろどろの生活にどうやら恰好《かっこう》がついてきたころ、疲れはてた母親は廃人《はいじん》同様の姿で死んで行った。ちょうど「〝戦後〟はおわった」という声が、あちらこちらで聞かれはじめたころである。

たしかに〝戦後〟はいつとはなしに終っていた。コウモリ傘が八十五人に一本の割で配給されるだろうとか、東京の街には数十万の餓死者が出るだろうとかいった話は、いつの間にか伝説にすぎなくなり、あのころには夢としか想《おも》えなかったような事態が現実のことになってしまった。現に私自身、結婚し、父親になり、一戸の家をかまえているが、こうしたことは脊椎《せきつい》カリエスで身動きもならず膿《うみ》と垢《あか》まみれになって寝込んでいた当時の私には想像もおよばぬことだった。私は女房や子供から「パパ」とよばれ、芝生などあしらった庭先のペンキ塗りの物干場に「純綿」の真っ白なエプロンだの、色とりどりのハンカチーフだのが翻《ひるがえ》っているさまを、別段くすぐったい憶《おも》いもなしに眺めている。

「パパ、戦争ちゅうの子供はお肉も玉子もなアんにも食べられなかったのにね」

母親の口真似でそんなことを云う子供に、

「そうだよ、だからミサ子も勿体《もったい》ないと思ったら、のこさずに全部おあがり」

などと妙に芝居がかったセリフでこたえて自分一人テレ臭くおもうものの、子供の方では至極まともに受けとってウナずきかえすのである。

そんな私のところへ、ある日突然〝戦後〟がやってきた。郷里のK県から父親が上京してきたのである。

勿論、父は突然にやってきたわけではない。母の死後、そのあと片付けもおわり、身辺の整理がついたら、こちらへやってくるということにはなっていたのだ。しかし父が私たちといっしょに生活しはじめるとなると、やはりあらゆる意味で突然の変化をともなわないわけには行かなかった。第一に感じられたのは家が手狭になったことで、十二坪半の公庫住宅は親子三人のくらしには格別小さすぎもしなかったが、父が一人加わると急に足の踏み場もないほど狭苦しくなり、私は家の中で仕事がしにくくなった。家の問題は建増しでもするとして、それよりも困ったのは父がK県からつれてきた数羽のニワトリを、どこへ置くかということだ。庭といっても軒下四尺五寸ほど家のまわりに空地があるだけでは、ニワトリを棲《す》まわせるための日当りと風通しの好い場所など見あたらない。しかたなく私の仕事している部屋の窓の下に金網をはってかこうことにしたが、明け方からオンドリのトキをつくる声や、羽撃《はばた》く音、それに風の吹きまわしで臭《にお》ってくる餌《えさ》や糞《ふん》の臭いで、たちまち私の三畳間の書斎全体がトリ小舎《ごや》に変ってしまったような気がしてきた。

終戦後の数年間、父はニワトリやアンゴラ兎《うさぎ》など小動物を無理な算段で手に入れてきては、その飼育に失敗し、家計をいよいよ窮乏させるといったことをくりかえしてきたのであるが、いまも何処《どこ》でさがしてくるのか棒切れや、トタン板、トヨの切れはしなど拾いあつめてきては、急造のトリ小舎にかがみこみ、何やらしきりに小首をかしげてやっている。そんな父を見ると私は、忘れかかっていた〝戦後〟が亡霊のように父のまわりに漂いはじめるのではないかと思うのだ。

「どうしました、おとうさん」

「うん。餌受けさ」

父は簡単にそうこたえる。そんなものならそのへんの金物屋で、もっと体裁の良いものを売っているにちがいないのだが、父は太くて短い指先に不器用に針金を巻きつけたりしながら、あくまでも熱心に作業をつづける。〝自給自足〟〝欲シガリマセン勝ツマデハ〟そんな標語が禿《は》げ上った赤黒い額のなかに滲《し》みこんでいるみたいだ。この調子だと、いまにまた魚屋からアラを買いこんで自家製の魚粉をつくるつもりかもしれない。私は父や母と暮らしたK海岸の家に一日じゅう魚のハラワタを煮つめる生臭いにおいの立ちこめていたことを憶い出した。夕暮れが近づくと井戸端からトントンとトリの餌にする菜っ葉をきざむ音が単調にひびいて、そのたびに私は倦怠《けんたい》と空腹の入り混った奇妙なイラ立たしさをおぼえたものだ。

ことによると父は、私の生活能力をいまだにあやぶんでいるのだろうか。たしかに私の職業はあまり安定性がない。しかし、いくら不安定な稼業《かぎよう》であろうとも、父の養鶏で助けてもらおうとは思わない。それもこんな狭い町なかの庭先で、

「生ミタテ生玉子アリマス」

と看板をかかげて売るほどたくさんのトリを飼われてはかなったものではない。いや、父にしてみればそんなことより、やはり何かせずにはいられないまま、終戦後の生活の習慣をまもりつづけているだけのことかもしれない。とにかく父は食事の時間のほかは、トリ小舎をのぞきこんだり、垣根の植え込みをいじくったり、部屋に閉じこもって電信柱ほどの直径の大きな材木を小刀で刻んで、おそろしく不細工なラジオの台だとか花瓶立てだとか称するものをつくったりしている。ただそうやっていてくれるぶんには、散らかしっぱなしの後片付けが面倒くさいと、女房がグチをこぼすくらいのことで、たいした支障もきたさなかったが、それらの不細工な製品をやたらとあちこちへ並べたがるのには閉口した。無論、私の家には芸術的の価値ある装飾品など一つもないが、それでも電信柱の古材を削ったうえにニスなど塗りたくった怪しげなものを、そうでなくとも狭苦しい玄関の正面にドッカリと据えつけられたりすると、来客のあるたびにいちいち弁解しなくてはならないのは、煩《わずら》わしいかぎりである。

私は、まるで里子に出してあった大きな子供を家につれもどして育てているような気持で父親のすることを眺めていたが、いざとなると子供のように簡単には扱えないところもある。一度、同期の旧将校たちの集りがあるとかで出掛けたあと、

「これ、どうします」と女房が、いかにも厄介げにれいの玄関の装飾品を指さすので、

「いまのうちに物置にでもほうりこんどけ」としまわせた。

「だいじょぶかしら。あとで怒られない」

「大丈夫さ、親じはへんに頑固なところもあるかわり、たいていのことは至極アッサリあきらめちゃうタチなんだ。自分で玄関にそんなものを置いたことだって、忘れちまってるかもしれない」

果して、かえってきた父は玄関では何も云わず、すこし酒気をおびていたせいか、そのまま奥の部屋にのべさせてあった床の中にもぐりこんで寝てしまった。ところで何日かたってのことだ。父はまたどこかへ出掛け、それから引きずるような靴音をたてて帰ってきた。

「ただいま」

出むかえた私に、父はそういうと不意に口もとにウス笑いをうかべて、

「気に入らんのか」と、いきなりれいの置物のおいてあった靴箱の上の白い壁を指さした。

「うん」

私は虚をつかれるおもいで口ごもった。すると父は無言でひたい越しにジロリと白

い眼を向けると、うす笑いをうかべたまま顔を急に真っ赤にして、「じゃ」とか何とか口早に云いながら、となりの部屋にひっこんだ。たしかに父はアキラメのいい男だ。しかし、その怒ったためか恥じ入ったためかわからない真っ赤な顔に、云いようのない不満のあらわれていることもたしかだった。するとと私もまたすさんだ気持になり、心の中でつぶやいた。——誰が何と云おうと、この家の主権者はオレなんだぞ。

奇妙なことに私はそのとき、あの置物を撤回したのは自分にもその意志があったにもかかわらず、結局は女房の指示にしたがったのではなかったかと、そんなことがしきりに心の底にわだかまってくるのを覚えていたのである。

そんなことがあって、しばらく私は外へ泊りこみで仕事に出掛けることにした。まだおたがいに気心ののみこめていない父と女房とに留守をまかせるのは、心もとないことだったが、家の中のことにこだわっていては何も出来なくなるのは明らかだったからだ。

最初の一と月は無事にすぎた。私は一週に一度ぐらいの割で、家へ様子を見にもどったが、女房はじょう談を云って父をよく笑わせ、父は軍人口調のおかしな節まわしで孫のために「シンデレラ」や「赤ずきん」の絵本を読んでやっていた。この調子なら、私のいない方がかえって父と女房の間はウマく行くのではないかとさえ思った。ただ気になるといえば、それはいかにも絵にかいたように明るい家庭で、そのあまりの明るさが不自然におもわれないでもなかった。

「あんまりムリして、おやじにサーヴィスすることはないぜ。けっきょく後で息切れするようだと、かえってマズいからな」

「それはムリはしてるわよ、毎晩晩酌はつけてあげるしさ……」

そんなことなら別段ムリというほどのことではない。私の云いたかったのは、もっと自然にということだったのだが、これは要求する方がムリかもしれない。これまで女房のそだった環境は父とあまりにちがいすぎる。つまり軒下四尺五寸の庭にも芝生をつくりたがったり、物干し場を白ペンキで塗ったりするのは女房の趣味であり、その傍に急造の、むしろゴミ溜《ため》然としたトリ小舎をもうけて玉子を生ませたがるのは父の行き方である。しかし、ともかく表面だけでもこの二人の間がうまく行っているのなら、私としてはとやかく云うことはないわけだ。……女房のお酌で額の上までテラテラ光らせながら上機嫌で酒をのんでいるところを見ると、父もようやく戦後の苦境を脱しつつある人のようだった。

私はおめでたすぎる男だろうか、それとも後で女房が云ったようにエゴイストで家庭のことなどまったくかまいつけぬ夫だったろうか。その晩も私は安心しきって仕事場へ帰ってきた。一時ちかくまで机に向い、そろそろ寝ようとしていると、外の廊下で電話のベルが鳴った。

「いま、おじいちゃんが突然怒り出して、あたしとミサ子にこの家をたったいま出て行けって云うのよ」

涙まじりに、おろおろ声である。こういうのをキツネにつままれたとでも云うのだろうか、私には何のことやらしばらくの間は合点が行かなかった。この世の中にはいろいろのことがあるものだ。たとえば、たったいま別れてきた私の父親か女房かのどちらかが突然、発狂するということだって考えられないものでもない……。私は、そんな愚にもつかぬことを暗い廊下の片隅で受話器を耳に当てたまま茫然《ぼうぜん》と想った。まったくのところ、ついさっきまでのあんなに見事な家庭団欒《だんらん》の光景を憶いうかべると、そうとでも考えてみるより仕方がないのである。――酒乱、父にはそんな傾向があっただろうか？　それとも女房の発作的ヒステリー症？　何はともあれ、これからすぐに家へかえってみることにしよう、とそう云いかける矢先に、

「とにかくあたしは、こんなことでこの家から追い出されるなんて、ゼッタイいやで

すからね、あんたもそのつもりでいてちょうだい」と、こんどは馬鹿にシッカリした口調が畳みかけるようにひびいてきた。

「それは、そうだろう」

私は、あいまいなままにそうこたえて受話器を置くと、なぜか急に笑い出したいような気分になった。一体どうしたというのだ。私は心の一方で不安のあまりに血液も真っ黒くなり、ものも考えられないほど緊張しきっている自分を意識していた。けれども同時に、そんな不安や緊張がひどく滑稽《こっけい》でたまらなくもなるのである。――ことによるとおれは自分の父親に嫉妬《しっと》しているのだろうか？　私はテラテラと額をかがやかせた父が私の女房の酌で酒をのんでいる場面を憶いだしながら、そうツブやく。これは私にとってもっとも不吉な、それ故《ゆえ》にまた滑稽な予感なのである。じつを云うと私は、自分が母親と二人でいるところを父に見られるたびに、これに似た不安と滑稽を感じたものだ。そして、いまは父と私とはその立場を逆にしているのではないだろうか？

翌日、ひるごろになって女房は私の仕事場にたずねてきた。見慣れた格子《こうし》縞《じま》のワン・ピースの服が気のせいか着くずれしたように見えた。

「ミサ子は」

「ちょうど里の母がきたからあずかって貰《もら》ってきたわ」

秋の直射日光をうけて彼女は二三度、マブしそうに眼をまたたかせた。

おもったほど興奮していないのは何よりだ、と私は思った。と同時に、昨夜の一件はどうしたことなのか具体的に話を切り出せないことをモドかしくおもった。

「外へ出てみない」

「そういうことにするか」

私は不断着のままタタキの上に散らばったありあわせの下駄をつっかけた。

「いやんなっちゃうわ、おじいさんたら、けさになったら昨晩のことは何も覚えていないって云うのよ。男の人ってお酒に酔ったあとのことを、そんなにキレイさっぱり忘れちゃうもの?」

「ふうん」

私は自分が半ばウワの空でいるふうを装《よそお》った。昔から酔っぱらった父をみるのは嫌いだった。そして自分自身が酔ったときのことを憶い出すのも嫌いである。爛《ただ》れ上った傷口に薬をぬられるような気持だ。眼の前を都電が一台のろのろとポールを振りながら通り過ぎた。……

「インキ、はかり売り致します」ほこりっぽいショー・ウィンドウの中にそんな文字が急に意味もなく目にうつる。

「やっぱり、あたしたち、あのおとうさんといっしょに暮らすことが無理なのよ」

それはそうかもしれない。しかし、その無理は何とか折り合いをつけて行くより仕方がないことではないか。私たちは、いつか商店街のはずれにある墓地のなかを歩いていた。墓石はどれも汚《よご》れて黒ずみ、みすぼらしげに見えた。私は母の骨壺が白木綿のフロシキに包まれたまま私の本棚の上にのっていることを憶い出した。それは父がニワトリや大工道具といっしょにK県から持ってきたものだ。

「ねえ、あんたそう思わないの」

「なにが」

「とぼけないでよ、卑怯《ひきよう》もの。親子そろってどうしてこう卑怯なんだろう。あたしがこんなに困ってるのがわからないの」

「卑怯ものとは何だ。それにおれだっていま困っている。それがきみにはわからないのか」

「ふん、だ。卑怯だから卑怯だって云うのよ。そんなに聞きたければ云ってあげようか、ゆうべおじいさんがあたしに何をしようとしたか、酔っぱらった振りなんかしてさ」

「云ってみろよ、こっちだって、ふん、だ」

売り言葉に買い言葉ではなかった。事実、私は女房が墓石を一つへだてて身構えながら、そう云うのを聞くと急に心の中がカラリと晴れわたるような気がしたのだ。――なアんだ、やっぱりそんなことか。そう思うと私は昨夜来わだかまっていた不安な緊張感がほぐれて、ものごとすべてが明瞭《めいりよう》に見えてくるようだった。なぜか。――昨夜、父が何をしたのか、何をしようとしたのか、そんなことは私にはわかりようのない問題だ、しかし、とにかくこれで、もう私と父の間には貸し借り勘定はなくなった、よけいな遠慮は必要ない、一瞬そんな考えが私の頭の中を真直ぐに突きとおっていった。

「よしたわ。これは、あんたとわたしがいよいよダメになったときに云うことにするわ」

「そうか、それならそうした方がいい。だけど――」

「だけど、何なのよ」

「何でもないさ」

本当のところ私にとっては、それをいま聞こうが、「いよいよダメ」のときに聞こうが、どっちだってよかった。けれども女房にとってそれは、どっちだってよくはないことにちがいない。そして、もし自分が本当に父親と対等の立場に立って、ものを見たり考えたりするのだとしたら、この際自分は女房に一と言、詫《わ》びとなぐさめの言葉をのべるべきかもしれない。私はザラザラした風化しかかっている墓石の頭を無意識になでまわしながら、そんな感慨にふけった。すると女房が突然、云った。

「あたし、ゆうべからずうっと考えたんだけれど、おじいさんにお嫁さんをもらうべきね」

「それはまた奇想天外なアイデアだな」

私は笑った。

「なにがおかしいのよ。ちっともキソーテンガイなんかじゃないわよ。あんたは、あの人の息子だから、まだ考えが甘いだけよ。あの人、あんな枯木みたいな顔をして、ちっとも枯れ切ってなんかいやしないのよ」

「わかったよ。しかし、それはそうかもしれないけれど……」

それから一年たった。私は目黒のG園——古ぼけた大形《おおぎょう》な中華料理店——のおそろしく長い廊下を、父とつれ立って歩いていた。きょうはここで彼の結婚式が行われたのである。相手の婦人は私の亡《な》くなった母よりも十ほど若い、けれども何処《どこ》となく感じの似かよった丸顔の肥《ふと》った人である。

「きょうは天気も好くて、ほんとうにお目出たい日でしたなア」

そう云ったのは、きょう「高砂《たかさご》」をうたった相手側の親戚《しんせき》の一人である。

「うん、しかしこの目黒川なんぞという川もずいぶん汚れたものですなア。昔はここで鮎《あゆ》なんぞも釣れたっていうんだから」

「あら、おじさま、それはサンマじゃございませんの」

「ははア、目黒のサンマですか。うん、あんたの奥さんはなかなか面白い人じゃ。ねがわくば新夫婦もこういう風であってほしいですなア」

高砂の老人が私の肩を叩《たた》いてそういうと、父が横から、

「はア」とこたえた。

横から見ると頬骨のあたりが、ほんのり赤くなっている。やっぱり、いくらか緊張している様子である。——再婚してみる気はないか、と私から問いかけたときは、意外なほどアッサリ「うん、それはいい」とこたえて私を面喰らわせたものだが、きょうは最初からいささか逆上気味で、集った人たちから何を話しかけられても「はア、はア」の一点ばりで、そうかと思うと酒がまわりはじめると突如としてニコニコ笑い

ながら母の憶い出ばなしをはじめそうになったり、そばについている私の女房に終始、気をもませどおしだった。しかし何はともあれ、これで父もどうやら〝戦後〟をぬけだす路がついたとおもうと、私も気分が楽だった。それにしても、こんどもまた私は女房の指示にしたがってうごいたことになる。

一行が玄関の式台にたどりついたとき、女中頭らしい人が私の袖《そで》をひいて云った。

「ほんとうに、御家族団欒《だんらん》で愉《たの》しそうでございますね。あたくしたちはみんな『ああ、うらやましい』って申し上げていたんでございますのよ」

私は、お世辞にしろこんなことを女中さんから云われたことは意外であり、もう一度訊《き》きなおそうと、立ちどまって、

「え」

と云った瞬間、おもわず正面のガラス戸にうつった人の影にギクリとした。親じがこちらを向いて立っている——そうおもって見たのが私自身の姿だったからである。猪首《いくび》の肩をまるめた私は暗いガラス戸のなかから、何とも言いようのないほどマゴついた顔つきでジッとこちらを見つめていたのである。

軍歌

正月一日、朝、私が玄関で靴をはいていると、父が横の四畳半の部屋のベニヤの板戸を半分あけて、顔だけつき出しながら、

「出掛けるのか——」

と言った。

「うん」

私は、うつむいたままこたえる。「仕事があるんだ。新聞社から迎えに来ている」

「ふうん、たいへんだな、元日から」

「うん、そう……」

私は靴をはきおわると、尻《しり》でドアを押すようにして、そのまま外へとび出した。特別、急いだというわけではない。十二坪半のわが家は、不要の面積を極度に切りつめたから、タタキの土間もまるで台所のマナイタほどの大きさしかなく、靴をはくと自

然に体はドアの外へはみ出すようになっているのである。しかし、ここを逃げ出したかったことは、やっぱり事実だ。

「じゃ」

私はもう一度、ふりかえる。妻と子供は並んで表に立っている。妻が何か私に話しかけようとする。

「え?」

私は訊《き》きかえそうと耳をそちらへ近づけかけながら、ふとドアの明けはなしになった玄関の中を覗《のぞ》いて、何かギクリとして眼をそむける。畳半分ほどの板敷の上り框《かまち》の向うに、まだ板戸のかげから坊主刈りの大きな頭を突き出した父の顔があったからだ。

一瞬、胸の中に重い灰色のものが満ちてくる。

「おそくなるの、帰りは」

妻の言葉を私はイラ立たしく、振り切るように、

「わからん、とにかく晩飯はすませておいてくれ」

と言いすてると、垣根の外にエンジンをかけはなしで、道幅いっぱいに車体をうずくまらせた自動車の中へ駈《か》けこんだ。

「すみませんね、元日早々から……」

車の中で腰を落ちつけると、担当の記者がもう一度言った。「でも、こればっかりは今日でないと、まずいんで」

「いいんですよ、そんなことは」

私は窓の外に、ガランとした元日の午前中の道路が流れて行くのを見やりながら、タバコに火を点《つ》けて言った。「どうせ、ぼくは元日、家のなかにいるのは嫌いなんだ。仕事をしようたって手がつかないし、本も読めないものね。一日、ぽかんとしているだけのことだ」

「そう言えば、そうですがね……。でも、奥さんや、お子さんには気の毒だな」

「……」

私は、出がけのときの重苦しさを憶《おも》い出し、シートの背の灰皿の中に、点けたばかりのタバコをもみ潰《つぶ》して、話題を変えた。「この調子で、ずうっと道が向うまで混まないでくれるといいんだがな」

仕事というのは、成田山の新年の参詣《さんけい》客の様子を短文につづって、記事のタネ切れになる正月の新聞紙面をうめることだった。予定していた筆者が病気になったとかで、昨日になって急に代役を申しこんできた。記者はそのことで気をつかっていた。玄関の外に立っていた妻の顔色も、そのせいだと思いこんでいるふうだった。

「さア、どうなりますかね。混むか混まないか、行きついてみないと、わかりませんね。わたしもこの六七年、成田へは行ったことがないんで……」中年すぎの運転手は、角刈りの頭を正面に向けたまま、ぼそぼそした声で言った。

「……それよりも天気の具合はどうですかな。だいぶ雲行きが怪しくなってきましたぜ」

そういえば暗いアスファルト道路の色をそのままに映したような空が、次第に濡《ぬ》れて行く布のように、その灰色を濃くしはじめていた。

正月、家にいたくないと言ったのは、私の本音だった。子供のころから、あのガランとした手持無沙汰な空気が嫌いだった。それはお祭り騒ぎのまえぶれの静けさだ。やがて父の同僚なり部下なりがあつまって酒もりがはじまる。子供の私は家の中がにぎやかになることは自分が仲間に入れてもらえなくとも好きだった。しかし、ある時機から、その酒もりは何かウットウしいものに変るのだ。抑えつけられている人間同士の感情が露骨になり、ある殺伐さが家じゅうに漂いはじめる。酔った客たちのさまざまの癖、怒りだすもの、泣きだすもの、それからやたらに誰彼をつかまえて教え諭すもの……。

終戦後、母はよくそのころのことを回想して、「あのじぶんが、世の中も、家の中も、いちばんよかったころだったねえ」と言った。あるいは、そうかもしれない。けれども私にはなぜか、あの酒もりのあとの白けかえった空気の方が、より印象ぶかく残っている。たとえば汚れた皿小鉢のちらばっている座敷の中で、着物を酒だらけにした父がじっとうずくまっていた様子など……。あれはいったい何だったのだろうか。単に酒に酔って疲労していただけのことだったのかもしれない。しかし子供の私の眼には、そんな父の姿がまるで叩《たた》きのめされて死んだ人間のようにうつって、何かそばへよるのも怖《おそろ》しい気がした。

ことによると、こんなことから私は酒が嫌いになったのかもしれない。もっとも、それは母からの影響でもあるのだが……。母はことあるごとに幼い私に飲酒の害を説いた。母の兄は民間の発明狂で、一度はショウチュウで古電線を再生させることで特許をとり、かなりの金をもうけたが、その金で自分の胃袋の中で電線を洗うのだろうといわれたぐらい酒をのんだ。発明の成功はそれ一回だったが、酒の量は高じる一方であり、祖父の財産ものみつぶしたうえ、アルコール中毒で頭を犯されたまま死んだ。母によれば、父のこのごろの酔いっぷりは、だんだんこの伯父のそれに似てくるという。そして私には、「おまえもお酒だけは飲まないようにしておくれ。それだけが、おまえのトリエなんだから」と言った。「でも、おまえは大丈夫、酒飲みにはならないよ。ほんとに、おまえときたら、おかんをつけた薬罐《やかん》のお湯もイヤがってのまないんだから」

そんな子供のころのことはともかく、戦争がはげしくなり、職業軍人の父は外地に出て家で正月を祝うことがなくなってからでも、また戦後、窮乏して正月に酔うほどの酒も買えなくなってからも、私は正月そのものが何となくわずらわしく、例年その期間をやり過ごすまでの間、イライラと落ちつかぬ気持にさせられる。……しかし、ことしの正月、家にいたくないというのは、また別の原因があるからだ。

運転手の言ったとおり、車が成田に着くすこし前から雨が降りはじめた。一月一日の雨というのは、めずらしい。どういうものか私の記憶している元旦は、いつも晴天だ。大晦日《おおみそか》いっぱい降った雪が、元日の朝はカラリと晴れて、まるで「お日様ニコニコ」の絵のように、白い屋根屋根の上に日がかがやいていたのは昭和十七年の元旦だ。なぜ、そんなことを憶《おぼ》えているのかというと、前の晩、友人のKのところで生れてはじめて酒を酔いつぶれるほど飲んだからだ。私はたぶんKの飲んだ半分の量も飲まなかったにちがいない。だがKが一升瓶《びん》を逆さにふって、「ああ、もうない」と言ったときには、私は「おや、おれもいつの間にか酒がのめるようになったのか」と奇妙な自己満足を味わったのをおぼえている。……たしかに母の言ったように、私は酒の燗をした湯はカナ気くさいようで飲む気になれないし、私の体質が酒を飲むように出来ていないのかもしれない。しかしじつは、そのころから私は何とかして母の支配から脱け出したいと思いはじめていた。友人の下宿やアパートを泊り歩いて何日間も家へかえらなかったり、おしまいには口実をもうけて下町の魚屋の二階に一人で部屋を借りて住んだりした。けれども私はいつも最後のところでは母親の言うことをきかずにはいられない息子であった。あえて反抗すれば、母は死ぬかもしれない、――長年、父が外地にあって母と子の二人だけのくらしでは、そういう懼《おそ》れが実際にあった――。そのたびに私は自分の弱さを恥じたり、嫌悪したりしながら、結局は母親に甘えていた。……そんな私だったから、Kの部屋で朝、目をあけて枕《まくら》もとにカラの一升瓶がころがっているのをみたときには、何だか母の裏をかいて見事に仇をうったような気がしたのだ。そして窓の外には元旦の日が雪にキラキラ照りはえていたというわけなのである。

そのKもいまはいない――。

雨のために、不動前のとおりの人波は一層混雑していた。

「ずいぶんアベックが多いなあ。成田さんはヤキモチ焼きで、女と男がいっしょに参ると、言うことをきいてくれないということになっているんだがなあ」

「近ごろは成田さんもドライになって、金がもうかりゃヤキモチどころじゃないってわけだろう」

「しかし成田さんが一番もうかったのは戦争中だと、わっしは思うね。何しろ出征した兵隊で、ここのお札を持ってないやつはいなかったほどだもの……」

雨宿りに入った茶店の軒先で、運転手と記者とが、そんなことを話し合っている。そういえば、和服の女の白足袋が泥だらけの道をひろいながら歩くのが目につく。

……Kは戦争末期に、雨の降るルソン島で、上官に引責自決を命ぜられて死んだ、とKの弟からきいた。見習士官で小隊長に任ぜられたKは着任早々マラリヤにやられて寝こんだ、その間に部下の兵隊の過半数が逃亡してしまったことの責任を問われたのだという。「兄は雨のなかを隊長以下、本部付きの将校下士官のいならぶ大隊本部の広場で、泥だらけの服のまま濡れたムシロの上に坐らされたそうです。渡されたピストルで最初の一発は頭に銃口を向けてうったのですが、マラリヤの熱で手がふるえて当らなかった。そうしたら隊長は『見苦しいぞ、しっかり撃て』と兄をはげましたそうです。それで兄は銃口を口の中に入れて引き鉄をひいて、後にのけぞりながら倒れました。そばに一本、黄ばんだ葉をつけた木が立っていて、倒れるときに血が飛んで幹がどす黒くなったそうです。兄のほかに、まだ何人もの兵隊がその木のそばに縛りつけられて銃殺になったのだと、そのとき大隊本部にいた人が教えてくれました。兄が死んだのは、あと三日で終戦になるという日で、そのころは隊長も気が立っていたのでヤタラに銃殺が多かったのだそうです」。「で、その隊長はどうしたんだろう、終戦になって……」と私は訊《き》いた。「無事に日本へかえって、いま神戸かどこかにいるってききました」

私の父は終戦の翌年、南方から帰ってきた。支那事変のころから、前後七年間ほど戦地にいて、その間に一度でも、そんなKの大隊長のやったようなことをしなかっただろうか？　たぶん、しなかっただろうと思う。リュックサックを一つ担《かつ》いで、へとへとになって帰ってきたときの姿を想《おも》い出して、そう思う。いや父は軍人といっても普通の、たとえば官吏なんかやっている人よりも、もっと軍人らしくない軍人だった。家で着物をきているときなんか、むしろ田舎の寺の坊さんに見えた。もっとも外見、軍人らしくない軍人が残酷なことをしないとは言えない。しかし私の父にかぎって、そんなKの隊長のようなことはしなかった――と、息子としての私は、そう思う。

茶店の奥には、自衛隊の制服を着た何人かが車座になっていた。雨で外へ出られないためもあって、座敷はほとんどいっぱいだ。白襟の黒紋付の裾《すそ》から赤い蹴出《けだ》しを見せた大層古典的な服装の芸者が、いそがしそうに立ったり坐ったりしているのが、いかにも正月の気分にぴったりだ。

「銀座のバアなんかへ行くよりも、こういうところへ来て遊ぶ方が、金もかからなくて、もっと面白いかもしれないな」

「そうですか。じゃ、そう書いといてください」

成田の芸者は古典風、と私は記事にする文章を頭の中で漫然とかんがえた。しかし、ふと万朶《ばんだ》の桜か襟の色、芸者の蹴出しの赤は歩兵の襟章を想わせる。——父はいま家で何をしているだろう？　昨年の夏、郷里のK県の病院で母が死ぬと、父は上京して私の家でくらすことになった。長い戦場での生活から、母と私の二人きりでくらしていた家へかえってきた当座も、なかなかこちらの生活に溶けこめなかった父は、いま私の家であのときよりも、もっとギコチないくらし方をしている。「お父さま」と妻に呼ばれて、額の禿《は》げ上った大きな顔を赤くした父は、テレ臭そうに笑いながら差し出された盃を不器用な手つきで受けとる……。「もう一本、いかが？」妻は客にすすめるときの口調でそう言う。「うん、それじゃ、あと一本だけ」と父はまともに受けとって、こたえる。ところが妻はかげで私に訴える、「おじいちゃんの晩酌代だってバカにならないのよ」。それなら晩酌はやめにしたらいい、と私は言ってやる。だいたい終戦後は父だって毎晩の晩酌なんかやっていなかったんだ。「じゃ、あなたがそう言ってよ、あたしからじゃそんなこと言い出せないわ。それに、おじいちゃんだって、ここへ来て何もすることがないのに、お酒ぐらい飲まなければ退屈でやり切れないでしょう……。お酒やめて、退屈しのぎにまたヘンな棚なんか、あっちこっちに作られちゃ、かなわないわ。やりたいとおりにやらせたら、いまにこの家なんかこわれちゃうわよ」。こわれたら、また建てなおすさ、こんなチャチな家――。「じょう談じゃないわ。この家の借金だってまだ半分も返していないのに。チャチな家だから、こわされちゃ困るのよ」。孫の相手をして、馬になってやったり、象の鳴きマネをしてみせてやったりしている父に、子供がよろこんでキャッキャと笑い声をたてているのは、いかにも平和なながめだ。けれども、その「平和」を維持しようとするには、眼に見えない忍耐が必要だ。……どっちにしろ私は、家の中では自分の仕事がまったくできなくなってしまった。

成田山初詣《はつもう》での取材そのものは簡単だった。ただ八時間あまりの車での往復は、乗り降りの手間がはぶけるかわり、ただ乗っているだけでも、ふだん使いなれていない神経を疲れさせるようだ。私は家の近くの大通りまでくると、車をそこで下りさせてもらった。

「そうですか。じゃ奥さんに、どうかよろしく……。どうも僕は奥さん族には弱いんでネ。あ、それからこれをお子さんに」

「や、これはどうも」

私は、気をきかせた記者が成田の茶店で買っておいてくれた羊かんの包みをかかえると、いかにも自分が型にはまった「パパのおかえり」の様子になるのを意識しながら歩いた。どこからか軍歌のような歌声が聞える。夜になってからも雨は小降りながらつづいていた。しかし冬とは思えない気温で、顔にかかる小さなシズクまでが、へんなナマ温かさで、気分が悪い。だが、家へ帰るときの重苦しさ、これはいまにはじまったことじゃない。子供のじぶん学校をズル休みするくせのあった私は、家へかえって母親の顔を見るまでが一番怖しかった。その条件反射的な習慣がまだ脱けきれないのだろうか。いったん外へ出ると家へかえるのが怕《こわ》い。くろい夜の空気のなかに白いシックイ塗りの棟が三角に浮かびあがっているのを見ると、理由もなしに何か不吉なことが待っていそうに思える。ところで、さっきからつづいている軍歌の声は家が近づくにしたがって大きくなった。私の友人にも一人、酔うとかならず「軍艦マーチ」をやりだすのがいる。別に、その男に海軍が取り憑《つ》いているわけでもない。勇壮なマーチが彼の酔いを勇壮にすすめるだけだ。ただタンタンタンタカラッタと、あのメロディーが聞えると、私はKが入営したときのことを憶い出す。「お母アさん、また〝戦果〟だよ」黒い学生服に日の丸をタスキ掛けにしたKは、ラジオがあの曲をやりだすと、暗い台所で後姿をみせていた母親に、大きな声で呼びかけた。サーヴィス精神にとんでいたKの、それが母親への最後のサーヴィスになったわけだ。……私は自分の家の前へくるまで、その軍歌の声がどこから聞えるのか見当がつかなかった。十坪あまりの小住宅ばかりがくっつき合ったこのあたりでは、実際どこの家でやっているのか物音をきいただけでは方角がわからない。しかし軍歌のドナリ声が、まちがいなく自分の家からひびいてくるとわかってからも、誰が歌っているのかまったく心当りがなかった。

私はときどき、Kの弟からきいたのはつくり話で、本当はKがどこかで生きているのではないかという気がする。

Kが私の留守にたずねてきた――、玄関の扉をあけてみるまで、私の心のどこかでその奇妙な錯覚を棄てきれなかった。狭いタタキは二足ならんで脱がれた靴で、もういっぱいになっている。その淡灰色をした何という型か、ヒモのないスポリとはける靴を見たとたんに、私は自分のアテはずれを悟った。私の友人でその型の靴をはいている者はいない。玄関のとなりが板敷の食堂兼居間兼応接間だ。歌はそこから聞えていた。仕切りの板戸をひらくと、歌声がやんだ。

「あ、君か……」

「どうも」

客はNと、その友人のBという男だった。Nなら近所のことでもあり、顔をみるまで彼のことを思いつかなかったのはウカツだったが、これはNが私より十年ほど年少だということよりも、何かNと私の間には眼には見えない距《へだ》たりがあるせいかもしれなかった。こんな私の気持は神経質なNの心に鋭敏に反射するのか、Nは私の顔をみると、ほとんど同時に口ごもった。しかし私を何よりも戸惑わせたのは、若い二人にはさまれて父が背をまるめて坐っていたことだ。

「どうした、あんちゃん、ま、一杯いこう」

父は一瞬、座のシラケかかる空気を押しかえすように言うと、二人の客に酒を向けた。誰彼をかまわず「あんちゃん」と呼ぶのは父の酔ったときのくせだ。父は横を向いて酒を注ぎながら、つづけた。

「こら、順太郎。おまえも早く坐らんか。……どうも、いかんぞ、おまえは女房の尻《しり》ばかり追いかけとって」

Nと B は笑った。私は外套《がいとう》をとろうとして、そのまえに手に持った羊かんの包みを女房に渡してやっているところだった。……私は羊かんの包みに腹を立てながら坐った。

Nが私の盃に酒をついだ。Bは父の盃の方へ酒をまわした。父はつづけた。

「こいつは、おれの息子のくせに、あほうでこまるんだ。おれが日本を留守にしとった間、おふくろにばっかり甘えとったもんだから、酒をひとつもヨウのまん……。そんなあほうだから女房の言うことばっかりきいて、どうもならん」

「いやあ、おじさん。そりゃあ、日本全体が女のくにになったんだから、どうにもならんですよ。ぼくだって女房の言うとおりにしてなきゃ、おまんまを食わしてくれないんだから……」

Nは私の顔を覗《のぞ》くと、とりなし顔に言った。しかし、その言葉は逆に私の心に妙にネバリついてくる気がした。（おやじの言うことは本当だ。しかし、それはここにいるNやBたちには関係のないことなのだ）私は盃を口にあてて、腹のなかでつぶやきかえしながら、一方では無意識のうちに、はやく彼等の酔いに追いつかなければならない、と思っているようだった。——酔って自分も彼等といっしょに歌でもうたおう。

するとBが、Nの言葉をひきとって言った。

「しかしなアNよ、おれはおじさんの言うこともよくわかるよ。ゆうべもテレビで大晦日の『年忘れ、紅白歌合戦』とかいうのを見て思ったんだが、いい若い者が体をクニャクニャさせてさ、まるで女みたいにつくり笑いなんかしやがって……。ああいうやつらを、みんな軍隊へひっぱって行って、叩《たた》きなおしてやりたくなるよ。ねえ、おじさん、おじさんなんか、とくにそう思うでしょう」

私は滑稽《こっけい》な気がした。BもNと同じ年ごろだとすれば、終戦のときはまだ彼等は小学生か、せいぜい中学校へ入ったばかりだ。それなのに、もう彼等は自分たちより年若い連中をねたみはじめている。それに私の父は決して彼等がかんがえるような勇ましい軍人ではない。それは彼等が一度でも父の軍服姿をみたことがあればわかることだ。

「ああ、残念だなあ、おれたちの国から軍隊がなくなるなんて、おもってもみなかったんだがなア」

とNも言った。——これは一種のカマトトなのだ、と私は思った。Nは最近、少年向きの雑誌に出る戦記ものや、兵器の構造を解説した読み物を愛読しているのだが、それは彼が自分の少年時代を夢見ているせいにちがいなかった。Nはつづけた。

「ねえ、おじさん。日本軍は手を上げるべきじゃなかった、そうでしょう。中国大陸でも、仏印でも、ジャヴァでも、日本軍はちっとも負けてなかった、そうでしょう」

しかし、父はもう盃を手にしたまま、テーブルの上に居眠りした頭をくっつけそうになっていた。するとNは私の方に向きなおって言った。

「君たちが、もっとがんばるべきだったんだ。敵を本土に無血上陸させるなんて、日本をそんなダラシのない国にしてしまったのは、君たちのせいだ。……どうせ君たちのなかの優秀な人たちは、みんな特攻隊で死んでしまった。しかしねえ、君たちがもう少し、せめてもう一二年がんばってくれていたら、僕らが戦争に間に合ったんだ」

Nは明らかに、もう芝居のセリフをしゃべりながら自分が主人公の気になる俳優だった。Nだってまさか、あの食糧のなかったころのことを忘れてしまったわけではないだろう。というより私は、まだ自分が一人、しらふのままでマトモに彼等につきあうことがテレ臭くなって言った。

「わかった、わかった、歌でもうたおう」

「よし。じゃ、こんどは『同期の桜』で行こう……。一、二、三」

残念ながら、私はその歌は知らなかった。

「歌えよ、君……。何、知らない？　『同期の桜』を知らない？　そんなバカなことはないだろう、君イ」

「知らねえな」

私は、そうこたえると突然、腹の底から何かが突き上げてくるのを感じた。「それは流行歌だろう。復員してから、そんな歌をどこかで聞いたおぼえはあるが、軍隊じゃそんなのは歌わねえよ……。大体さっきから黙ってきいてりゃ、テレビ役者を軍隊に入れろとか何とか馬鹿なことを言いやがって、女みたいな男は軍隊の中にゃいっぱいいたんだ。テレビ役者を軍隊に入れりゃ、役者の兵隊ができ上るだけのこった。でれでれしている奴を軍隊で叩きなおすなんて、軍隊を知らないやつの言うことだ。でれでれした奴が古参兵になれば、でれでれした恰好《かっこう》のまんまで初年兵をぶん殴るし、そいつが将校になれば、やたらに部下を銃殺にしたりしたがるんだ」

しゃべりはじめると私は自分がとめどもなく昂奮《こうふん》してくるのがわかった。そして自分は昂奮してアラレもないことをわめいている、と思えば思うほど、ますます私の声は大きくなるのだ。

「よしてよ、そんな大きな声で、ご近所がみんなビックリするじゃないの……。もう、ずいぶん遅いのよ」

台所からとんできた妻が言った。だが、これは逆効果だった。

「うるさい、黙ってろ」

私は不意に、さっき父に言われた「女房の尻ばかり追いかけて」というのを憶《おも》い出した。すると、いま自分が昂奮してしゃべりまくったことが突然、自分自身にふりかかってきた。——おれは一体何なのだ、おふくろを怖れ、女房を怖れ、いまは自分一個の小さな家庭の幸福を、どうやってまもろうかと、そればっかりに汲々としている、そんなおれが軍隊を非難し、軍隊を軽蔑《けいべつ》したところで、それが一体何になる……。そう思うと私は恥ずかしさにいたたまれず、眼の前のビニールびきのテーブル掛けを力いっぱい引っぱると、皿や小鉢やコップや盃が、いちどきに割れる音がした。

その物音に眼をさました父は頭をムックリ上げると、何を思ったのか立ち上り、

「さあ、出よう、おれは行くぞ」

「何」

私は父の方へ突進しかけた。するとBが私の前に立ちふさがった。

「おい、何をする」

私は、いまはこの男も無性に腹立たしく、無言でいきなり組みつくと投げ倒し、馬乗りになって殴りかかった。両手をひろげて引きとめにかかったNの顔にも、ついでにげんこつを食らわせた。すでに、まったく酔ってよろけかかっていたNは、その場

に倒れたが、歯から血が出ると泣き出した。

「ぼくの前歯がなくなった。ぼくの歯が全部どこかへなくなった」

私は、ぎょっとして、そういえば自分のコブシがすっぽりNの口の中へはまりこんだような気がして、あわててNの口をみた。しかし彼の歯は少し血が出ているだけで完全に生えそろっている。すると、こんどは妻が叫んだ。

「たいへん、お父さまが、どこかへ出て行く。とめて、とめて……」

私は父の体にとびつくと、いつも父の寝る玄関の横の部屋へ押し込んだが、片開きの板戸から手をはなすと、また出て来ようとする。私は背中を戸に当てて父を中に閉じこめた。

「おい、明けろ」

中から父のドナリ声がする。しかし、こうなったら意地ずくだ。向うからは父が体当りで戸にぶっつかってきたが、こちらも体当りで押しもどした。

「おい明けろ、明けんか」

父はドナリながら、戸を蹴《け》とばした。

「ダメだ、明日の朝まで明けないから、はやくふとんに入って寝ろ」

「何、この不孝もの。……不孝、不忠、きわまれる馬鹿もの」

父は、くりかえしてドナリながら、また戸を蹴ったり、叩いたりした。しかし、その力は次第に弱まった。十分ほどして、すべての音は急にひっそり静まった。私は何か怖しいものでも覗くように、戸をひらくと暗い部屋の中を見廻した。だが父はふとんの中で、嘘《うそ》のように安らかな寝息をたてていた。

解　説

小島信夫

安岡章太郎の『ガラスの靴』を読みなおしてみて、今さらながら、その新鮮さにおどろいた。処女作は誰の場合でも新鮮にちがいないが、彼の場合は、ちょっと類がない性質のものである。

考えてみるに、それは「自由さ」ということである。銃砲店で夜勤をしている「僕」なる本人が泥棒のようにアメリカ人の留守宅に忍びこむとか、じっさいに泥棒に入られたら、どうしようもないのに、泥棒をあてにして夜勤をしているとか、それからアメリカ人の家の菓子をメイドといっしょにみんな食べてしまうとか、そのメイドの最初に会ったときに笑った表情が、おならをしたときのようなふうだったとか、そういう面白さは、頭のいい子供が、まのぬけた大人の世界へ入りこんで行って隙《すき》を見つけて冒険したり、いたずらをするといった感じのものである。しかもこの「僕」は、そういう少年につきものの、実に物分りのいいところがある。

「あなた、ヒグラシの鳥って、見たことある?」

僕は驚いた。悦子は二十歳なのだ。問いかえすと、彼女は口もとにアイマイな笑いをうかべている。そこで僕は説明した。

「ヒグラシっていうのはね、鳥じゃないんだ。ムシだよ。セミの一種だよ」

悦子は僕の言葉に仰天した。彼女は眼を大きくみひらいて、——悦子の眼は美しかった——「そうオ、あたし、これくらいの鳥かと思った」と手で、およそ黒部西瓜《すいか》ほどの大きさを示した。……僕は魔法にかかった。

彼女は軽井沢で見たことがあるといいはって泣くので、それを慰めて「僕」は、軽井沢にはいるかもしれないね、というようなことをいって彼女を横から抱いてみた、と書いてある。何と物分りのいいことか。

「僕」はこういう彼女にすっかり惚《ほ》れてしまうのだが、それをめぐるさまざまのことは、ここでは割愛するとして、このいたずらっぽい物分りのよさは、『青葉しげれる』の中で母親のいうままに、経理学校を受ける順太郎や、質屋の女房にかわいがられて、出征前に肉体関係に入り、「私のセンベツにして」といわれる「僕」にもある、あの物分りのよさと、同じ性質のものである。そのとき女は生き生きと描かれる。そしてそのとき青年はその母性を愛し、その女に惚れている。いや愛するとか惚れるとは、この青年にとっては、それ以外にはないように見える。

さて、この物分りのよさをも含めて、作品のプロットから、一つ一つの動きや表現のいたずらっぽさというものが、日本の小説にはそれまで、ほとんどなかったといっていいのである。「いたずらっぽさ」というものには、「悪」の要素がいくぶんあるが、「悪」というものより、ずっと人間的である。少なくとも人間的だということを、私たちは安岡の小説があらわれてから、はじめて知ったといってもいい。

私が引用したメイドの悦子との会話にしても、そのいたずらっぽいおかしみにぶつかると、私たちは何かしら、グニャグニャになってしまうような虚脱した状態になる。いったいこれはどういうわけだろう、と考えると、急に精神が解放され、自由にされてしまう。それはちょうど、アンマに身体をもみほぐされてシコリがとれ、いや、それどころか、しばらくは、身体を休めていないと毒になる、といったような有様と似ているのである。

すぐれたアンマは身体から「自由」への操作をはじめて、精神さえも自由になったような気分にさせるが、安岡も、身体の自由からはじめて精神の自由を目指しているように思える。

　私は教師をしてきた関係で、彼の描くような少年や青年が教室にいたら、まことに困るな、と時々思ったものだ。安岡少年が一言いうと、教室中がある自由なフンイキになってしまう。そうすれば、もともと自由をいくぶん除外することで成立っている教室というものは、もはや成立しなくなってしまうからである。

　何も安岡が少年として教室に立ちあっていなくともそうである。大人となった彼が、自分の腕を出して、離れたところにいる私の腕と見くらべながら、ふうん、というような顔をして、そのうち、くすくす笑いをはじめようものなら、もうちょっといけない。何か危険である。自由とは、この危険のことである。

　いつか臼井吉見氏が、安岡の『悪い仲間』だったかを批評して、その空虚さをあげ、戦争中の空虚さと関係がある、と述べていたように記憶するが、この空虚さの実体は、もう少し積極的なものをひそめているし、作者としてみるときは、いうまでもなく、その空虚さについては、積極的な意図があるのだろう。

　ほかの人間にとっては、それほどきゅうくつだったり、たいくつだったりしないものが、小説の中の彼に似た人物には、きゅうくつで、たいくつなのである。

彼の書く『悪い仲間』の悪童たちは、世の中にいっぱいいる。それなのに彼が書くと、今まで存在したことがなかったように新鮮に見えるのは、けっきょく、このきゅうくつさ、たいくつさを感じる力が抜群だ、ということになるようである。さてこの抜群の力をどこで学びとったのだろうか。

安岡は梶井基次郎が好きである。この夭折《ようせつ》の作家は処女作『檸檬《れもん》』の草稿として『瀬山の話』をのこしている。その中には、下宿の前で、誰にもかえりみられなくなった自分、借金で困っている自分に、友人や、電報配達夫をまねて、呼び、下宿の親爺の「ヘイ！」という声をきくと、「三五郎の大馬鹿野郎」と喚《わめ》いたまま、一所懸命、白川道を駈《か》け去る、という文章がある。

梶井には、ほとんどの作品に、こういう詐術《さじゅつ》やイタズラによる、自由の復権がある。梶井は、タイクツという言葉をさかんに用いる。詩人ぶりの詐術であり、詩人たちの感じるタイクツである。

梶井より心理的屈折をへた詐術を、太宰治がやってきた。安岡は太宰にも関心をもっていたことはもちろんである。

この二人の先輩作家、とくに梶井とのつながりは強いように思う。とくに自由という点でである。（太宰治にはこの自由さはないように思う。）

しかし自由さという点においても、梶井と安岡とは違う。梶井の小説のイタズラ、詐術は、安岡にくらべると、キマジメで、芸術的感動をあたえるけれども、何もいえないクタクタにもみほぐされるような自由さとは違う。『瀬山の話』には、一種のバカらしさ、「ええい、まあ、そのくらいにしてよせやい」というようなおかしみはない。

高校生はエリートであった梶井の時代との違いである。白紙に還元された人間、というものを彼のような生立ちの青年が見てきた、ということである。

安岡は最近の座談会で（「文学の家庭と現実の家庭」『群像』昭和四十年十月号）、梶井の『檸檬』について、こういっている。

「背を焼くような借金」ということを高等学校の生徒がいってますが、そんな借金を高校生ふぜいが出来るわけはありません。それは借金じゃなくて、家庭の期待とかそういう精神的重圧でしょう。

これは安岡のいいすぎで、事実借金（額の問題ではなく）のことで困っていただろう。また安岡のいうとおり、家庭からの精神的な圧力があったことはいうまでもない。

梶井が三高の理科の生徒になってから、文学青年的生活のために落第したりして、母親からの重圧をかんじたのと較べると、安岡の場合は、もっと人間くさくて、もっとどうしようもなく滑稽《こっけい》でアホラらしく救いがたいものであったとしか思えない。

「お前も学校に行くようになるまでは、本当に頭のいい、可愛らしい子だったんだがねえ」（『青葉しげれる』）

と慨嘆する母親。獣医将校の父親にあきたらなくて、ほとんど一年の大半を息子と二人暮しをして、息子に期待をよせて、息子にとってはありがたいが、またうるさい母親。しかもその母親のいうままにしなければどうしようもなく、母親と直接かんけいのあることは、一応母親の意のままにするようになってしまった息子。それだから母親の好まぬことを、おっかなびっくりに、スリルをかんじながらやる息子。そして中学校へ入ると、学校の先生の家である寺へあずけられたり、……

この母親との人間的かんけいは、おそらく彼の女性観を作り、その系列の女性を前にしてうずくまり、母親ほどのかんけいはもつ必要はないが、母親のイメージをうかばせるような女性を眺める。あるいは、ちょっと手を出す。それが重圧となると、もう一つの母親のイメージがうかびあがり悲鳴をあげる。というようにも想定することが出来る。

ここには、昭和二十五年から昭和二十八年の芥川賞作『悪い仲間』に至り、その後、昭和三十五年野間賞、芸術選奨になった『海辺の光景』前後の短篇の、つまり全時期の短篇のうち主だったものを集めているが、そのほとんどに母親が重要な存在として顔を出してくる。あるいは支えになっている。

彼は母親から自由になることは不可能と思わせられ、したがって独特な方法で自由になるしかないとかんじさせられたのではないか。ではその方法とは何か。

母親や軍隊の前ではその意図の通りにして、その効果をあげさせないことである。そしてその他のところでは人間そのものに、なってしまうことである。

(昭和四十一年七月、作家)

安岡章太郎著
海辺《かいへん》の光景
芸術選奨・野間文芸賞受賞

精神を病み、弱りきって死にゆく母――。精神病院での九日間の息詰まる看病の後、信太郎が見た光景とは。表題作ほか、全七編。

吉行淳之介著
原色の街・驟雨
芥川賞受賞

心の底まで娼婦になりきれない娼婦と、良家に育ちながら娼婦的な女――女の肉体と精神をみごとに捉えた「原色の街」等初期作品5編。

阿川弘之著
春の城
読売文学賞受賞

第二次大戦下、一人の青年を主人公に、学徒出陣、マリアナ沖大海戦、広島の原爆の惨状などを伝えながら激動期の青春を浮彫りにする。

石川達三著
青春の蹉跌《さてつ》

生きることは闘いだ、他人はみな敵だ――貧しさゆえに充たされぬ野望をもって社会に挑戦し、挫折していく青年の悲劇を描く長編。

井伏鱒二著
荻窪風土記

時世の大きなうねりの中に、荻窪の風土と市井の変遷を捉え、土地っ子や文学仲間との交遊を綴る。半生の思いをこめた自伝的長編。

井上靖著
しろばんば

野草の匂いと陽光のみなぎる、伊豆湯ヶ島の自然のなかで幼い魂はいかに成長していったか。著者自身の少年時代を描いた自伝小説。

色川武大著

百

川端康成文学賞受賞

百歳を前にして老耄の始まった元軍人の父親と、無頼の日々を過してきた私との異様な親子関係。急逝した著者の純文学遺作集。

遠藤周作著

海と毒薬

毎日出版文化賞・新潮社文学賞受賞

何が彼らをこのような残虐行為に駆りたてたのか？　終戦時の大学病院の生体解剖事件を小説化し、日本人の罪悪感を追求した問題作。

大岡昇平著

野火

読売文学賞受賞

野火の燃えひろがるフィリピンの原野をさまよう田村一等兵。極度の飢えと病魔と闘いながら生きのびた男の、異常な戦争体験を描く。

開高健著

パニック・裸の王様

芥川賞受賞

大発生したネズミの大群に翻弄される人間社会の恐慌「パニック」、現代社会で圧殺されかかっている生命の救出を描く「裸の王様」等。

北杜夫著

幽霊

―或る幼年と青春の物語―

大自然との交感の中に、激しくよみがえる幼時の記憶、母への慕情、少女への思慕――青年期のみずみずしい心情を綴った処女長編。

坂口安吾著

堕落論

『堕落論』だけが安吾じゃない。時代をねめつけ、歴史を嗤い、言葉を疑いつつも、書かずにはいられなかった表現者の軌跡を辿る評論集。

新潮文庫最新刊

D・ベントレー
村上和久訳
奪還のベイルート（上・下）

拉致された物理学者の母と息子を救え！　大統領子息ジャック・ライアン・ジュニアの孤高の死闘を描く軍事謀略サスペンスの白眉。

紺野天龍著
幽世《かくりよ》の薬剤師3

悪魔祓い。錬金術師。異界に迷い込んだ薬師・空洞淵は様々な異能と出会う……。現役薬剤師が描く異世界×医療ミステリー第3弾。

萩原麻里著
人形島の殺人
—呪殺島秘録—

古陶里は、人形を介して呪詛を行う呪術師の末裔。一族の忌み子として扱われ、殺人事件の容疑が彼女に——真実は「僕」が暴きだす！

筒井康隆著
モナドの領域
毎日芸術賞受賞

河川敷で発見された片腕、不穏なベーカリー、全知全能の創造主を自称する老教授。著者がその叡智のかぎりを注ぎ込んだ歴史的傑作。

池波正太郎著
まぼろしの城

上野《こうずけ》の国の城主、沼田万鬼斎の一族と、戦乱の世に翻弄された城の苛烈な運命。『真田太平記』の前日譚でもある、波乱の戦国絵巻。

尾崎世界観
千早茜著
犬も食わない

脱ぎっぱなしの靴下、流しに放置された食器、風邪の日のお節介。喧嘩ばかりの同棲中男女それぞれの視点で恋愛の本音を描く共作小説。

質《しち》屋《や》の女《にょう》房《ぼう》

新潮文庫　や-6-2

昭和四十一年七月二十日　発行
平成十六年七月二十五日　三十六刷改版
令和五年二月十日　四十刷

著者　安《やす》岡《おか》章《しょう》太《た》郎《ろう》

発行者　佐藤隆信

発行所　株式会社　新潮社
郵便番号　一六二―八七一一
東京都新宿区矢来町七一
電話　編集部(〇三)三二六六―五四四〇
　　　読者係(〇三)三二六六―五一一一
https://www.shinchosha.co.jp

価格はカバーに表示してあります。

乱丁・落丁本は、ご面倒ですが小社読者係宛ご送付ください。送料小社負担にてお取替えいたします。

印刷・錦明印刷株式会社　製本・加藤製本株式会社

ISBN978-4-10-113002-6 C0193